DE

KRATER

Dit Boekenweekgeschenk krijg je
cadeau van je boekverkoper.

De krater is een uitgave van Stichting CPNB
ter gelegenheid van de 90e Boekenweek
van 12 t/m 23 maart 2025.

De krater

Gerwin van der Werf

Stichting Collectieve
Propaganda van het
Nederlandse Boek

Uitgave Stichting CPNB
Redactie Uitgeverij Atlas Contact
Omslagontwerp Moker Ontwerp
Foto auteur Frank Ruiter
Vormgeving binnenwerk Aard Bakker
Drukkerij Wilco, Amersfoort

FSC www.fsc.org
MIX
Papier | Ondersteunt verantwoord bosbeheer
FSC® C004472

ISBN 978 94 6503 900 8 | NUR 301

gerwinvanderwerf.nl
boekenweek.nl

boekenweek
boekenweeknl

#wieleestheefteengoedverhaal

voor J

But what exactly is dark energy? The short answer is: We don't know. But we do know that it exists.

Chelsea Gohd, website NASA

Ana dannish lū shulmum

Golden Record, aan boord van ruimtesondes Voyager 1 en 2

Het eerste wat Johnny vroeg was hoe dat Duitse stinkgat heette.

'Steinheim,' zei ik.

'Klinkt kut.'

Hij ging door met auto wassen alsof ik er niet stond. Ik had hem zojuist van het plan verteld. Ik praatte, hij doopte de spons in de emmer, sopte het dak, ik praatte. Nog nooit had ik zo lang achterelkaar tegen mijn broer staan praten, en toen ik stilviel vroeg hij naar dat dorpje.

'Totaal kut.'

Hij klapte de ruitenwissers om, zodat ze naar voren staken en de auto op een knalrood insect met voelsprieten leek. Het is zijn trots, die lelijke rode Volkswagen Golf uit het jaar nul. Hij sopte de voorruit, de spons maakte een piepend geluid, het leek op een akelig hoog lachje.

'En wie gaat de benzine betalen? Heb je daar wel aan gedacht, met je slimme hoofd?'

Daar had hij een punt. Aan benzine had ik inderdaad geen seconde gedacht.

'Ik heb geld van ma gepakt,' loog ik.

Over de krater vroeg hij niets, terwijl het juist ging om die krater.

Bij Johnny moet je niet te snel ontmoedigd raken, ik ken hem al langer dan vandaag. Als mensen iets van hem moeten wordt hij ongenietbaar, zijn gezicht krijgt dan iets van een chagrijnige gekko. Verder kan hij eigenlijk geen kwaad. Een en al pistool maar geen kogels, dat is Johnny, gewoon een twintigjarige dropout die verkeersborden verzamelt. Nou ja, verzamelen is een groot woord, hij steelt ze 's nachts als hij dronken is – hoewel ik het niet precies weet, ik ben er nooit bij. Hij heeft er een stuk of tien, of twaalf, wat belachelijk veel is als je ze op je kamer bewaart. Op zijn kamerdeur hangt een achthoekig stopbord, dat dondert er om de zoveel tijd af. Hij heeft ook een paar van die driehoekige waarschuwingsborden, één van een bewaakte spoorwegovergang, één van een laagvliegend vliegtuig, en zijn pronkstuk: de waarschuwing voor slipgevaar. Hij beweert dat het een zeldzaam bord is. Er staat een slippende auto op, maar er klopt iets niet aan de bandensporen, het rechter verandert ineens in het linker. Volgens Benjamin is de auto door de vierde dimensie heen geschoten. Benji kijkt altijd een beetje anders naar de dingen.

Na een tijdje vroeg Johnny hoe ver het rijden was naar Steinheim.

'Een paar uurtjes. Hup de grens over en dan gewoon rechtdoor.'

Johnny zuchtte, kneep de spons uit en bleef knijpen, alsof hij zijn gedachten uit de spons probeerde te persen. 'Eden,' zei hij, want zo heet ik, 'Eden, broer, je bent volslagen getikt.'

Hij bedoelt het altijd een beetje denigrerend, dat 'broer', toch vind ik het wel leuk als hij dat zegt. Ik ben namelijk een zus. Ik denk dat we hetzelfde voelden op dat moment. Hoewel ik nooit het flauwste vermoeden heb van wat mijn broer denkt of voelt, wist ik op dat moment zo goed als zeker dat hij dacht wat ik dacht: we konden iets doen voor Benjamin, ons broertje.

*

Ik had het opgezocht, bij Steinheim was ooit een meteoriet ingeslagen, zo'n vijftien miljoen jaar geleden. Of was het vijftig? Benjamin wist dat soort dingen. Het was hoe dan ook wel even geleden en ik wist niet of er nog veel van te zien was. Foto's op internet beloofden weinig goeds, maar ik wist er te weinig van, ik bedoel, foto's van de maan vind ik ook oersaai. Mijn twijfel hierover deelde ik niet met Johnny. Wat ik ook niet tegen hem zei: dat ik hem bij het plan had betrokken omdat hij die auto had. Die krater van Steinheim was de dichtstbijzijnde die ik kon vinden, van ons uit gezien, maar om de hoek was het nou ook weer niet. Dat Johnny meerderjarig is, een meerderjarige met een rijbewijs, dat was dus handig. Dat hij een onuitstaanbare figuur is, dat hij schijt heeft aan alles en dat hij mij haat was minder handig. Wel handig: hij had meer geld want hij werkte bij een garage. Onhandig: hij zou mij nog geen halve cent geven. Als je alles zo bij elkaar optelde, was het best logisch dat ik mij schrap zette voor zijn reactie. Hij zou me voor een debiel uitmaken, de spons boven mijn hoofd uitknijpen en me de straat uit jagen. Maar hij deed niets van dat alles, we hadden een plan en zouden morgen in alle vroegte vertrekken en verder zagen we wel. De zomervakantie was officieel nog niet begonnen, maar ik hoefde alleen mijn rapport op te halen en er was nog een of ander stompzinnig klassenuitje. Ik denk dat ik dit moment ook wel een beetje om die reden had uitgekozen: school skippen zonder gevolgen, yes! Voor Benji was dit überhaupt geen probleem, hij was al het hele jaar nauwelijks naar school geweest, eerst had hij pfeiffer en toen hoofdpijn en buikpijn, vervolgens een depressie. Hij zou thuis alles voor school inhalen, maar het enige wat hij thuis deed was filmpjes kijken over ruimtevaart, sterren en planeten, zwarte gaten en weet ik veel, hij las er zelfs boeken over.

'Zolang hij geen filmpjes kijkt van gasten die beweren dat de aarde plat is, is er weinig aan de hand,' zei Johnny daarover. Het viel me van hem mee – dat hij zelf niet dacht dat de aarde plat was, bedoel ik. Benji was ervan overtuigd dat er een meteoriet op aarde zou vallen, en dat het dan gedaan was met ons. Het was geen kwestie van óf het zou gebeuren, het was de vraag wanneer. Er scheerden voortdurend asteroïden langs onze planeet, ze kwamen uit het niets en waren weer uit zicht voor we hallo konden zeggen. Nou ja, dat soort dingen zei hij, jaren geleden al, toen hij nog min of meer oké was. Tegenwoordig zegt hij zelden nog iets. Hij komt lang niet altijd beneden voor het eten, op zijn kamer eet hij stiekem Doritos. Hij denkt dat je dat niet ruikt, maar zijn hele kamer meurt ernaar. Doritos, cola zero, en af en toe een tosti, dat is zijn dieet zo'n beetje en dat is niet goed voor een veertienjarige, dat kan ik je wel vertellen. Lang verhaal kort: ik had Johnny blijkbaar overtuigd, we zouden gaan, met Benji, we hielden het stil voor onze moeder en voor Joep – over hem vertel ik nog wel. Een echte meteorietkrater, dat zou Benji geweldig vinden. We zouden zeggen dat we een verrassing hadden, dat we eerst een stukje gingen rijden. Dat was het plan. Dat mijn sikkeneurige broer erin meeging komt denk ik omdat we allebei vonden dat we niet langer níéts konden doen. Niets doen was gewoon geen optie meer.

Benji ging al twee jaar langzaam naar de verdommenis, we zagen het allebei en ik was bang, al liet ik dat nooit merken. Ik had mijn hoop gevestigd op de krater bij Steinheim, misschien had die plek wel magische krachten. Ja, waarom niet, je hoorde wel gekkere dingen. Mijn naam is Eden en als je van de trap af valt dan ben je snel beneden.

*

Die avond haalde ik met de bankpas van onze moeder driehonderd euro uit een geldautomaat. Ik had nog nooit zoveel geld gepind, ook niet van haar rekening, al ken ik haar pincode al jaren. Johnny en ik vonden het allebei rechtvaardig dat mijn moeder zou betalen, ook al wist ze daar zelf niets van. Ze had met het grootste gemak duizenden euro's betaald voor behandelingen voor Benji, allerlei maffe therapieën. Als al die therapieën die hij geprobeerd heeft echt zouden helpen, dan zou Benji nu dolgelukkig met een kamer vol puppy's, geurkaarsen en magische stenen ondersteboven zittend een potje blindschaken met zijn fluistertherapeut. Het zou om te gieren zijn als het niet om te janken was. Maar goed, die paar honderd euro konden er nog wel bij, en mijn moeder hoefde er zelf helemaal niets voor te doen. Handenwringend door het huis lopen deed ze sowieso wel, of wij er nou waren of niet. Ik had alvast een briefje geschreven dat ik de volgende dag zou achterlaten op de keukentafel, een ouderwets briefje, geen tekstbericht of appje, want daar zou ze op reageren en het moest duidelijk zijn dat we niet gingen antwoorden. Op het briefje stond: 'We zijn weg met z'n drieën, morgen weer thuis, PS appen is zinloos' (met glimlach-emoji, om te doen alsof het een grapje was). Ik hoopte vurig dat Joep het briefje niet zou vinden. Mijn moeder heeft sinds een paar jaar een nieuwe vriend, dat is dus Joep – er zijn volwassen mensen die Joep heten, het is niet te geloven. Johnny noemt hem Joepiedepoepie, kinderachtig en voor de hand liggend, maar het pakt wel grappig uit als Johnny heel chagrijnig 'Joepiedepoepie' zegt als Joep binnenkomt. Als wij de volgende dag waren verdwenen moest Joep haar maar geruststellen. Daar was hij goed in, volgens onze moeder, hij was haar personal coach voor hij haar lover werd. Hij is dus ook zo iemand die woorden als 'personal coach' en 'lover' gebruikt. Ook hij heeft geprobeerd Benji te genezen, de behandeling was iets met warme en koude douches en zinkpillen. Ik heb een keer gezien hoe Benji die pillen in de pleepot mikte en doortrok.

Moeder zou ongerust zijn, maar haar ongerustheid heeft iets vrijblijvends, ik heb hierover nagedacht, het is te goed geacteerd, het is het vormpje waar ze haar eigenbelang in giet, het doet me niets, het doet niemand iets, ik heb gewoon het idee dat het haar niet echt raakt, al zouden we voorgoed verdwijnen. Dat stelen van het geld kostte me ook geen moeite, en als mijn moeder erachter zou komen zou ik zeggen dat ze beter haar bankpas kan blokkeren, omdat ze duidelijk het slachtoffer is geworden van een scam, of hoe dat ook heet.

Met Johnny de verkeersbordenseksueel op pad gaan was een risico, maar op een rare manier had ik er wel zin in. Het enige waar ik serieus bang voor was: dat Benji niet mee zou willen. Dan zat ik met die driehonderd euro in m'n zak en een grote broer die me hard zou uitlachen. Ik ging het Benji die avond vertellen.

*

Hij lag al in bed, Benjamin ligt vaak in bed, als ik hem zo aantref is het soms niet duidelijk of hij net wakker is of alweer gaat slapen. Benji zegt dat tijd niet bestaat, dat die relatief is. Het klinkt Einsteinachtig, maar hij is er zelf het levende bewijs van. Hij kijkt nooit boos als ik zijn kamer zomaar binnenkom, hooguit teleurgesteld. Bij Benji krijg ik altijd het gevoel dat hij iedere dag opnieuw teleurgesteld raakt. In mij, in de mensen, in het leven. Iedere dag opnieuw. Je zou dat als een extreme vorm van optimisme kunnen beschouwen, ik zou het zelf in ieder geval niet kunnen opbrengen. De teleurgestelde optimist wordt nooit een pessimist, zoals ik. Benji is eerder een depressieve optimist. Had ik al gezegd dat Benji veertien is? Hij lijkt wel vijftig soms, te jong voor wat hij zegt en denkt (die gast leest echt te veel), te jong voor wat hij doet (zo goed als niets). Ik heb niets tegen lezen trouwens, ik vind jongens (altijd jongens) die er prat op gaan nooit een letter te lezen sukkels, het zijn vaak dezelfde jongens die er eer in stellen bij het bier drinken als laatste naar de wc te gaan. Het zijn kortom de knullen die de meeste kans hebben op een nat kruis. Jongens die de verkeerde risico's nemen, jongens zoals Johnny. Die vond het stoer om nooit een schoolboek in te kijken, en zie: nu werkt hij in een garage. Dat klinkt misschien nog wel interessant, maar het grootste deel van de tijd moet hij autobanden oppompen en controleren of de knipperlichten werken.

Benji lag dus in bed. Ik had geen inleidende tekst en zei meteen dat we er morgen op uit zouden gaan, met de auto van Johnny. Leuk hè, zei ik erbij, god, dat zei ik echt. Ik vertelde niet dat Johnny ook meeging, dat kon Benji zelf wel bedenken, dat er iemand moest rijden. Ik wilde Johnny het liefst een beetje wegmoffelen, niet in de vergelijking opnemen, zeg maar. Als je die gast in een vergelijking opneemt heb je er niet één variabele bij, dan heb je de chaostheorie in de praktijk. Benji keek mij dus aan met die grote groene ogen van hem, hij heeft van dat lange krulhaar, zoals oude rockgitaristen, het lag over zijn kussen gedrapeerd, hij leek op een zonnekoning, maar dan één die moe op bed ligt. We hadden een leuke verrassing voor hem, zei ik, en hij mocht kiezen of hij het wilde weten of dat hij het een verrassing wilde laten. Een verrassing was wel leuker, zei ik erbij. Hij vertrok werkelijk geen spier, zelfs zijn haar bleef liggen zoals het lag. Zijn stem klonk zacht en lijzig, zoals altijd. Hij zei dat hij het wilde weten, en als het hem niet leuk leek dan ging het feest niet door, zoiets. Helemaal precies weet ik het niet meer, maar de grootste enthousiasteling zou er moedeloos van worden. Ik was wel wat gewend met die broers van me, dus ik zag er gewoon een aanmoediging in. Zonder er verder omheen te draaien vertelde ik dat we naar een krater van een asteroïde in Duitsland zouden gaan. Om een goede en serieuze indruk op hem te maken gebruikte ik dat woord, asteroïde.

'Dat kan niet.'

'Hoezo niet?'

'Zodra een asteroïde in de atmosfeer komt noem je het een meteoor, en als hij op aarde valt een meteoriet.'

Er verscheen een glimlach op zijn gezicht. Ik ken niet zo heel veel mensen, als ik erover nadenk, maar geen van hen kan zo breed glimlachen als Benjamin.

'Welke krater?' vroeg hij. 'De Ries of het Bekken van Steinheim?'

Dat hij er veel meer van wist dan ik had ik kunnen weten. Van Ries of zo had ik nog nooit gehoord. Het was al een hele tijd geleden dat hij met mij over ruimtedingen had gepraat. Ik wist dat hij eindeloos filmpjes van de NASA keek, op zijn kamer hangt een poster van het Andromedastelsel, waar bij mensen als wij gewoon Taylor Swift hangt, zeg maar. Hoe dan ook, er zat in één klap leven in Benjamins stem en dat had ik dan toch mooi veroorzaakt.

'Steinheim.'

'Oké,' zei hij. 'Die andere ligt er vlakbij, misschien kunnen we ze allebei doen.'

Ik vond het best, ik vond alles best, ik wilde op dat moment alle kraters in de wereld met hem 'doen'. Ik moest me inhouden om hem niet te omhelzen, want daar zat hij niet op te wachten en laat ik eerlijk zijn: ik wilde vooral mezelf omhelzen omdat mijn plan zo geweldig in de smaak was gevallen.

*

Om zes uur in de ochtend zat Benjamin al aangekleed bovenaan de trap. Ik liep net in mijn pyjama naar Johnny's kamer omdat ik had ingecalculeerd dat hij zich zou verslapen. Benji droeg zijn leverkleurige T-shirt met ZOMBIES EAT BRAINS erop en zijn vaal geworden blauwe All Stars. Zijn haar stond alle kanten op. Hij is zo'n jongen die op zijn mooist is als hij er verwaarloosd uitziet.

'Johnny is al beneden,' zei hij.

'Hoelang zit jij hier al?'

Benji ging staan. 'Gaan we?'

Hij zat er al uren, concludeerde ik.

'Ja, we gaan,' zei ik. 'Ik heb mijn pyjama al aan.'

Er is geen reden om chagrijnig te doen, Eden, sprak ik mezelf toe. Je broertje is al zeker een jaar niet uit zichzelf uit zijn bed gekomen, en al helemaal niet zo vroeg. DON'T WORRY, YOU'RE SAFE staat er ook op zijn T-shirt, in kleinere letters. Ik ging terug naar mijn kamer en schoot snel in de kleren die ik de vorige avond had klaargelegd, shirt, korte broek, gympen. Als ik er haveloos uitzie en geen make-up draag, lijk ik nog meer op een jongen, maar dat kan me niet schelen, ik ben twee jaar geleden of zo met die vieze smeersels gestopt.

Ik droeg mijn zwarte T-shirt met de tekst TEAM TOFU erop. Ik ben wel vegetariër maar vind tofu smerig, het was een grapje dat shirt, ik heb het van Johnny gekregen voor mijn verjaardag – echt zo'n kutcadeau, maar vandaag had ik het aangetrokken om hem gunstig te stemmen, Johnny Reiziger, de grillige god van de Autobahn.

Onze broer was inderdaad beneden. Hij lag in zijn kleren op de bank te slapen, zijn cowboylaarzen had hij nog aan. Ik schudde aan een arm, daarna aan zijn schouder, er gebeurde niets. Die klojo was natuurlijk alles vergeten: dat we met Benji op pad gingen, dat we om zeven uur zouden vertrekken. Ik trok zijn hoofd een stukje omhoog aan zijn haar en kneep met mijn andere hand in zijn neus. Hij schoot overeind, riep 'godverdekut', want dat is zijn favoriete uitdrukking, en noemde me een kutwijf. Het kon erger allemaal.

'Heb je vannacht hier geslapen, Johnny?'

'Ja nou en? Dat doe ik zo vaak. Weet jij veel, jij komt nooit voor tien uur je nest uit.'

Dat was overdreven, maar ook niet zo heel erg overdreven.

'All right,' zei hij. 'Is het al zeven uur? Kom, we gaan.' Zijn daadkracht raakte me.

'Je stinkt naar drank, Johnny Reiziger.'

Zijn hele naam noemen geeft me altijd wat overwicht, althans dat is wat ik zelf denk. Het werkt ook goed bij hem, onze achternaam. Bij mij werkt het veel minder.

'Geen zorgen, ik ben zo nuchter als een dominee op zondag.'

Het zijn dit soort uitdrukkingen waardoor ik denk dat hij zichzelf tekortdoet met werken bij een garage. Johnny lurkte in de keuken aan de kraan, wel een minuut lang, dat was zijn ontbijt. Ik pakte een boterham en dronk uit het pak melk, Benji zei dat hij al gegeten had, wat ik niet geloofde. Zonder dat we het hadden afgesproken deden we zachtjes op de gang, maar écht zachtjes, zelfs Johnny maakte geen geluid met die cowboylaarzen van hem, we lachten ook niet om het gesnurk van Joep, dat door de muren heen kwam. De voordeur klikte nogal luid in het slot, maar dat gaf niet, we waren al buiten, we waren weg.

*

'Steinheim,' zei Johnny. 'Also!' Ik denk dat hij wilde klinken als een Wehrmachtofficier in een Nederlandse oorlogsfilm. Duitsers praten helemaal niet zo, die praten normaal, maar ga dat Johnny maar eens vertellen. Hij zette Google Maps aan en duwde zijn telefoon in een houdertje dat op zijn dashboard geplakt zat.

'Vier uur!' riep hij. 'Je zei een paar uurtjes!'

'Vier, dat is toch een paar uurtjes?'

'Jij spoort niet.'

Ik ging er niet meer tegenin. 'Vamos,' zei ik, gewoon met een v en niet zoals Spanjaarden dat zeggen, 'bamos'. Nederlanders die bamos zeggen zijn aanstellers. Dat eerste stuk, de straat uit, de stad uit, voelde het meest als weggaan – het was een zalig gevoel. Er was ook nog geen serieuze onenigheid. We waren samen ontsnapt. Een warm samengevoel hadden we, in die auto. Nou ja, Johnny timmerde op zijn autoradio, die het weer niet deed, maar er klonk een zekere berusting in zijn vloeken, alsof hij ook niet verwacht had dat het ding het wél zou doen. Ik vond het fijn, want zijn muzieksmaak is niet de mijne, en dat is zacht uitgedrukt. Hij luistert naar Nederlandse rappers, van die muziek voor knulletjes die hun speelgoedtractor net hebben ingeruild voor een opgevoerde fatbike.

Op de snelweg werd ik overrompeld door een gevoel van vrijheid. Ik kan het niet anders zeggen, het was als een drug, hier wilde ik meer van. Ik zwoer dat ik die vrijheid zo snel mogelijk in mijn eentje op zou zoeken, zonder broers voor wie ik moest zorgen. We stopten bij het eerste benzinestation om snacks en frisdrank te kopen. Johnny wilde nog niet tanken, dat was in Duitsland veel goedkoper volgens hem. Het benzinemetertje stond al bijna in het rood, dus ik zei dat het een stom plan was, het was zijn geld toch niet? Maar Johnny was niet te vermurwen, ik nam mijn verlies en begon aan een zak chips. Op de achterbank lag Benji te slapen, die was al weg voor we de stad uit waren, en tijdens de korte stop bij de pomp bleef hij gewoon pitten. We hadden naast chips een paar zakken winegums en cola gekocht, ongeveer zes keer zo duur als in de supermarkt, en ik was nu al bang dat we het met die driehonderd euro niet zouden redden.

Ik ben altijd bang voor van alles, had ik dat al gezegd? Zo niet, dan begint het nu misschien wel op te vallen. Op dat moment was ik bang dat Johnny ons dood zou rijden, en nog banger dat ik de crash als enige zou overleven en dat mijn moeder mij dan de schuld zou geven omdat ik alles bedacht had. Ik ben niet bang voor asteroïden zoals Benjamin, maar ik ben wel bang dat Benjamin er een keer een eind aan maakt, ik ben bang dat hij dat in zijn hoofd haalt, net als onze vader, maar toen was ik zes en daar weet ik niks meer van. Ik vind dat je deze dingen altijd meteen moet vertellen, dus niet dat je er pas aan het einde van je verhaal ineens mee aan komt zetten: mijn vader is onder een trein gekomen toen ik zes was, en dat was zijn eigen keuze. Een keuze, zo noemt mijn moeder dat. Ik heb niet echt herinneringen aan hem, het is alleen irritant dat ik het nog altijd moet zeggen, en het moment moet uitkiezen waarop ik het zeg. Bij dezen dus. Maar goed, Benjamin zat mooi bij ons in de auto en alles ging goed – voorlopig dan.

*

Eerst was er dat gesprek tussen mijn broers, toen Benji wakker was geworden. Johnny draaide zijn hoofd richting de achterbank als hij tegen hem praatte, en schreeuwde daardoor precies in mijn oor. Ik wilde dat hij voor zich keek, maar als ik dat zou zeggen zou dat weer gezeik geven. Het begon natuurlijk banaal, we hebben het immers over Johnny, hij zei dat het een grapje was van die krater, dat we naar de hoeren gingen omdat naar de hoeren gaan in Duitsland net als de benzine lekker goedkoop was, en dan kon Benji tenminste een keer neuken, op kosten van onze moeder. Hij moest er zelf hard om lachen. Benji zei dat hij daar niet in geïnteresseerd was, maar Johnny pikt subtiele hints nooit op, dus ging hij door.

'Niet geïnteresseerd in neuken? Holy shit, jij bent een weirdo! Ik weet het, jij bent een kosmosseksueel, jij wordt hartstikke geil van het universum.'

'Wat is eigenlijk jouw favoriete planeet, Benji?' vroeg ik om de boel weer in goede banen te krijgen.

'Kepler-442b,' zei Benji meteen. Hij moest het twee keer herhalen, vier-vier-twee-bee.

'De wetten van Kepler,' zei ik.

'Ja, die.'

Het was een typisch geval van klok en klepel, ik had geen idee wat de wetten van Kepler precies inhielden, en die planeet zei me ook niets, maar dat ging Benji wel aan me uitleggen. Hij stak een verhaal af over Kepler-442b, dat het een planeet was die in theorie leefbaarder was dan de aarde, het enige probleem was dat hij twaalfhonderd lichtjaren van ons was verwijderd, waardoor we het niet konden checken, de atmosfeer kon giftig zijn, of de zwaartekracht zo groot dat je hersens naar je bekkenbodem zakten. Maar volgens een checklist van de NASA kon het er net zo goed altijd lekker weer zijn, en kon die planeet een grotere diversiteit aan levensvormen bezitten. Een grotere diversiteit aan levensvormen, dan had je mij wel, als al die levensvormen elkaar tenminste een beetje konden luchten. Ik kreeg de indruk dat Benji ernaartoe wilde, naar Kepler-442b, dat hij droomde van een leven op zijn eigen planeet. Een eigen planeet is net iets voor hem.

'Wat is jouw fav planeet, Eden?' vroeg hij.

Een fav planeet, echt, het zou niet in me zijn opgekomen. Van planeten weet ik niks, Venus, Mars, de ijsplaneet Hoth uit *The Empire Strikes Back*, maar planeten uit *Star Wars* telden niet natuurlijk.

'Saturnus,' zei ik. 'Die heeft ringen.'

'Uranus heeft ook ringen,' zei Benji. 'Wist je dat Saturnus meer dan honderd manen heeft? Op een daarvan hebben ze pas water ontdekt.'

'Ze? Wie zijn daar dan geweest?'

'Cassini-Huygens heeft daar gevlogen.'

'Wie?'

'Cassini-Huygens. Dat is een onbemand ruimteschip. Het is naar Saturnus gevlogen en heeft bijna een half miljoen foto's gemaakt, en weet je, ze hebben het voor elkaar gekregen de Huygenssonde op de maan Titan te laten landen.' Hij ging nog even door, over dat het geval twintig jaar door de ruimte had gereisd, dat het talloos veel rondjes om Saturnus had gemaakt, en dat Cassini een paar jaar geleden in de atmosfeer van Saturnus was verbrand. Hij bleef maar doorgaan over die duizenden foto's van de ringen en van al die manen, over ijs, stof en rotsblokken, het was nogal saai en daarom sla ik hier nu veel over.

'Hoe hebben wij die foto's dan gekregen? Heeft Cassini de rolletjes net op tijd opgestuurd?'

Ik vond dat ik Johnnyachtige vragen stelde, op zo'n toontje van 'mij maak je niks wijs, de aarde is plat', maar ik wist het oprecht niet. Ik keek om, wilde zijn gezicht zien. Die brede glimlach was er niet vanaf te krijgen, Benjamin genoot hiervan.

'Radiogolven,' zei hij, alsof dat voldoende uitleg was. Het is krankzinnig als je bedenkt wat je allemaal niet weet, achter ieder ding dat je niet weet schuilen weer honderd andere dingen die je niet weet en nooit zult weten, het is afschuwelijk.

'En wat is jouw favoriete planeet, Johnny?' vroeg Benji. Ik was blij met zijn goede humeur, wat konden die radiogolven mij verder schelen? Radiogolven konden muziek vervoeren, dus waarom geen foto's over een afstand van een miljard kilometer?

'De Aarde,' zei Johnny knorrig. 'De fucking Aarde. Dat is nogal logisch. Wat heb je nou aan die andere planeten? Aarde, wat een stomme naam ook, konden ze niks beters verzinnen.'

'Iets als de Pale Blue Dot,' zei Benji.

Toen begreep ik dat nog niet, die Pale Blue Dot, ik wachtte op uitleg. Maar Johnny was het blijkbaar zat, hij draaide het raampje open, waarna een verschrikkelijk gebulder de auto vulde, zodat we elkaar niet meer konden verstaan. Ik kon er niks van zeggen want het was inderdaad bloedheet geworden, en het was nog maar acht uur. Manen, dacht ik, wij zijn manen, Johnny en ik, we cirkelen om ons broertje heen. De oorzaak van dat cirkelen: zijn zwaartekracht. Manen cirkelen om planeten, planeten cirkelen op hun beurt om sterren, en sterren weer om zwarte gaten, als ik het goed heb. Inmiddels was er een rood lampje op het dashboard gaan branden.

*

Vlak over de grens was een tankstation, maar daar wilde Johnny niet stoppen, hij beweerde dat 'verder in het binnenland' de benzine nog goedkoper was, en dat je nog makkelijk zestig kilometer kunt rijden als het lampje begint te branden. Een volgende pomp bleef trouwens uit, Johnny begon op een gegeven moment te fluiten, dat is een teken dat hij nerveus is. Ik stelde me voor hoe de auto midden op de snelweg tot stilstand zou komen, hoe zo'n grote nieuwe glimmende Mercedes de Golf van Johnny zou verkreukelen als een blikje frisdrank.

We hadden ruim veertig kilometer gereden sinds we de benzinepomp gepasseerd waren toen een bord aangaf dat we een Tankstelle naderden. 'Perfect,' riep Johnny boven het lawaai van de wind uit. 'Superchill.' Op hetzelfde moment begon de motor voor het eerst te sputteren, een klein schokje, meer niet. Vlak voor de afrit haperde hij opnieuw, drie korte kuchjes achter elkaar, toen viel de motor stil. Johnny trapte de koppeling in en liet de auto uitrollen, een meter of vijftig voor de pomp stonden we nagenoeg stil.

'Snel uitstappen,' riep Johnny, 'zolang hij nog niet stilstaat is het makkelijker duwen!'

Ik deed wat hij zei en sprong naar buiten, Benji was langzaam, ik trok zijn portier open terwijl ik er tegelijk een sjor aan gaf zodat de auto zou blijven rijden.

‘Schiet op,’ zei ik. Ik had nog nooit ‘schiet op’ tegen Benji gezegd, althans niet sinds hij sloom, moe en somber was, wat nu al jaren het geval was. Een paar tellen later stond hij grijnzend naast me achter de auto. Als hij dit vermakelijk vond, dan vond ik het ook wel best. Ik ademde diep in en duwde, het ging vrij gemakkelijk, Benji bleek sterker dan ik had gedacht en ik was blij dat Johnny de auto de vorige dag nog had gewassen. We duwden de auto tot naast de pomp. Johnny stapte uit.

‘Nou,’ zei hij. ‘Heb ik dat goed uitgemikt of niet?’

*

Johnny had gelijk, de benzine was twee cent goedkoper dan bij de vorige pomp, we hadden toch mooi tachtig cent uitgespaard met deze actie. Hij parkeerde de auto ergens achter het gebouw, terwijl Benjamin naar de wc ging. Er kwam een vreemd gevoel bij me op, een raar soort ongerustheid, nu ik Benji even uit het oog verloren was. Ik had hem op sleeptouw genomen, alles gebeurde onder mijn verantwoordelijkheid, als hij vermist zou raken kon ik Johnny er niet op aanspreken, die had dit allemaal niet bedacht en was nog te stom om op tijd te tanken. Het ‘wij-gevoel’, dat mij eerst nog zo had verwarmd, was verdampt, het drong tot me door dat als het erop aankwam, ik er helemaal alleen voor stond. Benji is weg, verdwenen, ging het maar door me heen, het duurde ontzettend lang, iedere seconde werd een lichtjaar, en toen ik hem eindelijk uit de toiletten zag komen sprongen de tranen in mijn ogen. We liepen samen naar de auto, toen we overstaken pakte ik zijn arm vast en zei: 'Kijk uit!' Er kwam helemaal geen auto aan maar ik zei het toch.

Johnny zat een kwartslag gedraaid met zijn benen buitenboord. De Golf stond geparkeerd bij zo'n gewoon blauw bord met een P, maar er hing een extra bord onder.

'Hé Johnny,' zei ik, 'heb je dat gezien?'

Hij keek naar voren, zag het nu ook: FRAUENPARKPLATZ.

'Je mag hier niet staan,' zei Benji.

'Zij is toch een vrouw?' Johnny wees naar mij. 'Soort van.'

Hij mompelde iets over dat Duitsers gestoord waren, toen zag ik ineens iets in zijn ogen glinsteren. Hij begon onder zijn stoel te voelen, alsof hij zijn sleutels zocht of zo, hij vloekte en gromde erbij. Een vals lachje verried dat hij gevonden had wat hij zocht. Grijnzend hield hij een steeksleutel omhoog.

'Veertien-vijftien, ik hoop dat ze in Duitsland dezelfde maat bouten hebben. Ga even voor dat bord staan allebei.'

*

'Deze hang ik aan het hoofdeinde van mijn bed,' zei Johnny toen we weer reden. Ik wist niet dat die borden zo gemakkelijk van de paal af te halen waren. Oké, Johnny had flink kracht moeten zetten, maar iedere idioot kon dit. Met een volle tank en het bord FRAUENPARKPLATZ in de kofferbak vervolgden we onze weg, we namen de afslag naar Autobahn 2 richting Hannover. Het was goed warm in de auto, desondanks hielden we de ramen een tijdje dicht om niet doof te worden. De autoradio deed het ineens, we luisterden een halfuur naar Duitse schlagers, toen hield het ding er goddank weer mee op. Benji had zijn oortjes in. Na een tijdje deed hij ze uit en vroeg hij of hij zijn telefoon even mocht opladen.

'Gast,' zei ik. 'Dit is een Volkswagen Golf uit de late middeleeuwen. Je kunt een tosti bakken onder de motorkap maar dan heb je het wel gehad.'

Johnny vond het niet grappig, dus draaide hij het raampje weer open. Ik vond de frisse lucht wel prettig – hoewel, fris... fris met honderd soorten uitlaatgassen – maar wilde eigenlijk verder praten met Benji, vragen stellen over het heelal en de asteroïden die daardoorheen suisden. Gingen wij nog een keer zo'n reuzenknal meemaken? Enfin, de eerste met een dode telefoon was dus Benji zelf. Geen onvertogen woord kwam er over zijn lippen, maar wat moest hij balen dat hij nu geen foto's kon nemen bij de krater. Ik zou mijn batterij sparen zodat ik foto's voor hem kon maken. Volgens Google was het nog maar anderhalf uur rijden, we zouden er voor de middag zijn, plaatjes schieten, Benji zijn ding laten doen (wat zou dat zijn, grondmonsters nemen? Om de krater heen lopen?) en dan maar weer terug naar huis, want overnachten was te duur. Zo beschouwd stelde het weinig voor, dit tripje, dat besef drukte ineens op me: we zouden zo weer thuis zijn en dan bleef alles bij het oude. Terwijl er nog één heel belangrijk ding op mijn lijstje stond waar ik het met Benji over wilde hebben, en dan bedoelde ik niet die meteorieten. Wanneer moest dat dan? Dat ging natuurlijk niet met dat open raam, en met Johnny op onze lip.

Toen ik me omdraaide zag ik dat Benji lag te slapen met zijn hoofd tegen het portierraampje, zijn mond hing een beetje open, als je zijn droevige oogopslag niet ziet is hij nog echt een kind en zou je nooit denken dat die jongen alles van het universum wist. Alles van het universum maar niks van het echte leven. Het echte leven, whatever, ik wist er zelf ook niets van, dat was meer Johnny's specialiteit. Hij werkte en had al een paar vriendinnen gehad met wie hij ook seks had. Het is afschuwelijk maar ik kan hem soms horen als hij bezig is op zijn kamer, tussen de verkeersborden. Laatst nog, met zijn ex, die kwam het uitmaken en toen hoorde ik hem zeggen: 'Wil je me alsjeblieft nog één keer pijpen?' Ik had verwacht dat er ruzie zou komen en dat ik door die deur heen alles zou horen, maar eerst werd het stil en toen hoorde ik haar kreunen. Het echte leven dus. Ik vluchtte het huis uit voor Johnny's echte leven.

Hij is al weken bloedchagrijnig omdat het nu echt uit is, ik denk dat hij de seks mist. Ik ben nog nooit met een jongen naar bed geweest, en ook niet met een meisje, wat mij trouwens prettiger lijkt, minder invasief en zo, en hoewel dat een stom woord is denk ik dat het waar is. Ik heb me wel een keer laten betasten, door Xander. Xander tennist en heeft een elektrische scooter. Hij zat aan mijn borsten en vroeg of ik dacht dat die nog groter zouden worden. Ook heb ik gezoend met een vriendin, dat was Lara-Jane. Die zei dat ze meisjes zoenen geil vond, maar alleen als ze zeker wist dat we allebei niet lesbisch waren. Nee, het echte leven, daarvoor moet je niet bij mij zijn.

Ik trok mijn gympen uit en legde mijn voeten op het dashboard, ik zat opgevouwen zo maar misschien kon ik ook even dutten. Ik probeerde aan de Benji van vroeger te denken, hoe we samen voetbalden, hoe hij gierend van het lachen wegrende als ik hem in huis achternazat en sokkenbolletjes naar hem gooide, en als ik hem raakte was hij dood. Het visualiseren lukte me niet goed, ik wist wel dat we dat deden maar ik zag het niet echt meer voor me. Ik zag het niet meer en ik voelde het niet meer.

Pas keek ik naar oude foto's, foto's van Benjamin en mij (Johnny stond er bijna nooit op, hij wilde denk ik niet op de foto), deze hele onderneming kwam eigenlijk door dat kijken naar die foto's. Naar één foto bleef ik lang kijken. We zitten naast elkaar, bij een zwembad, we zijn zes en vier denk ik, er blinkt iets blauws achter ons, het is net alsof we in de hemel zijn. Benjamin lacht met zijn hele gezicht en ik trek mijn mond in een zuinige glimlach, zo'n foto-lachje. Benji had nog geen krullen, maar dik blond piekhaar. Ik schrok ervan, het leek alsof ik naar twee onbekenden keek, twee jongens (ik leek toen helemaal een jongen) die broertjes spelen. Ik hield me eraan vast dat het echt was, dat we blije kinderen waren. Van de periode na vaders ongeluk zijn geen foto's, niet dat ik weet. Waarom schrijf ik dit eigenlijk allemaal op? Ik wil helemaal niet schrijven, schrijven is vreselijk, ik schrijf omdat ik bang ben, ik denk dat iedereen die schrijft dat doet omdat hij bang is, bang om verkeerd begrepen te worden. Waar ik bang voor ben? Dat weet ik zelf niet eens, ja, ik ben bang voor Benji, voor wat hij kan aanrichten, voor de krater die hij kan slaan. Misschien is die krater er allang, misschien probeer ik al schrijvend te bewaren wat ik al kwijt ben. Van het woord 'misschien' word ik ook nog een keer gek.

Ik keek of Benji nog sliep, ging net als hij met mijn hoofd tegen het raampje zitten en maakte stiekem een selfie van ons in de hoop dat Johnny het niet zou zien.

*

'Haal die poten eens van m'n dashboard.'

Ik schrok wakker, geen idee hoelang ik had geslapen. Het was nog maar een halfuur rijden zag ik op Google Maps.

'Je voeten stinken,' zei Johnny.

Ik had geen zin in ruzie, deed wat hij zei. Mijn benen waren vreselijk stijf geworden en mijn rug deed pijn door die klotestoelen in die Golf. Johnny volgde de aanwijzingen van Google en nam de afrit, we kwamen op een provinciale weg. Nu pas zag ik het landschap, heel licht glooiend, beetje saai. Ik speurde naar een krater. STEINHEIM 2 KM stond op een bord.

'We zijn er!' zei Johnny.

Ik draaide mijn hoofd om naar de achterbank.

'Ben!'

Benji werd wakker en keek lui om zich heen. We passeerden net het bord HERZLICH WILLKOMMEN IN STEINHEIM, NORDRHEIN-WESTFALEN.

'Het is hier niet,' zei Benji.

'Wat de fuck? Hoezo niet? Dit is toch Steinheim?' zei Johnny.

'Het klopt niet,' zei Benji stellig.

'Wel waar. Kijk, dit lijkt wel een beetje op een krater,' zei Johnny. Hij wees op de rotonde waar we op afreden, een perfect rond grasveldje met een boom in het midden. 'We zijn er, einde discussie.'

Niemand zei iets, we reden het centrum van het dorp in, het was met gemak het saaiste dorp dat ik ooit gezien had, witte huizen met saaie kleine ramen, de Vereinigte Volksbank, een Turkse supermarkt, een sanitairzaak, saai saai. We kwamen op een klinkerweg, rondom nog wat nietszeggende winkels, een kerk verderop, en toen konden we niet meer verder. Een pleintje met een ronde fontein. De kerk stond op een heuveltje.

'Daar is je krater,' zei Johnny, wijzend naar de fontein. Voetgangers met winkeltassen keken verstoord om, we blokkeerden de weg blijkbaar, of we mochten daar niet staan.

'Het is hier niet,' zei Benji.

Iemand achter ons toeterde. Johnny vloekte en trok op, reed links van de fontein een eenrichtingsweg in. Een paar voetgangers stoven opzij.

'Mijn Steinheim ligt niet in Nordrhein-Westfalen, maar in de buurt van Stuttgart.'

'Wat lul je nou,' riep Johnny. 'Wat lul je met je Stuttgart?'

Zo praatte hij nooit tegen Benji, het was vreselijk, hij wist hoe gevoelig onze broer is en toch ging hij zo tekeer. Hij draaide scherp naar links, ik hield me vast aan de stoel, had geen idee of hij in deze straat wel mocht rijden. Ik zag de kerk voor ons opdoemen. Johnny stuurde nog een keer woest naar links, een leeg parkeervak in, en schakelde de motor uit.

'Zo, we zijn er,' zei hij. 'Eindpunt. Tot hier en niet verder.'

'Het is de verkeerde Steinheim,' zei Benji.

Achter ons klonk een sirene. Een grote politieauto, lichtblauw met knalgele strepen, kwam met piepende banden en zwaailichten achter ons tot stilstand, de terugweg blokkerend. Een agent stapte uit, een vrouw, je kon aan haar cowboyloopje zien dat er niet met haar te spotten viel. Johnny wilde het portierraampje dichtdraaien, wat sowieso een rare actie zou zijn, maar het had geen zin, de agente legde haar hand al op de rand van het open raam.

'Führerschein, bitte.'

Johnny keek mij aan.

'Je rijbewijs,' zei Benji.

Johnny haalde zijn portemonnee uit zijn achterzak, en gaf zijn rijbewijs aan de vrouw. Ik bad dat hij niets stoms zou zeggen.

'Bitte aussteigen.'

Benji en ik deden tegelijk het portier open.

'Nein, nur Sie.'

Ze wees op Johnny.

'Je moet uitstappen, Johnny.'

Er kwam een andere agent bij, ook een vrouw. Er werden wat woorden gewisseld, ik verstond niet wat Johnny zei, hij probeerde Duits te praten denk ik. Ik had mijn ogen gesloten, bedacht wat er nu zou gebeuren. Benji zei niets, in zijn zwijgen lag alle verwijt van de wereld. Toen de achterklep openklikte schrok ik op uit mijn gedachten.

Het verkeersbord.

In een reflex stapte ik uit de auto, alsof ik de ramp nog had kunnen voorkomen. Benji volgde mijn voorbeeld. Zo stonden we daar, Benji en ik aan de ene kant van de Golf, de vrouwelijke agenten en Johnny aan de andere. Een van de agentes hield het verkeersbord vast. FRAUENPARKPLATZ. Het zag er niet naar uit dat ze er de humor van inzagen.

Johnny ging zwijgend met de agenten mee *ins Büro*. Toevallig stonden we dus precies voor het politiebureau geparkeerd. Foutgeparkeerd, want de plaats was gereserveerd voor politiewagens. Er stond zelfs een groot bord, blauw met een witte P en POLIZEI eronder. Benji en ik bleven bedremmeld staan, ja, bedremmeld is precies het goede woord, we stonden er een beetje voor lul bij, zou je ook kunnen zeggen. Niemand droeg ons op iets te doen. We zagen Johnny nog even achteromkijken, als een crimineel die zijn familie een laatste groet brengt voor hij naar *death row* gaat. Omdat ik niets beters wist te doen nam ik Benji mee naar een bankje tegenover de kerk. Ik wist niet of hij het op prijs zou stellen als ik mijn arm om hem heen zou slaan, maar deed het toch. Het voelde ongemakkelijk, dus haalde ik mijn arm maar weer weg en pakte mijn telefoon, Google Maps. Zijn Steinheim bleek 444 kilometer zuidelijker te liggen. We konden er met krap vijf uur rijden zijn, nog voor de avond. Als Johnny niet langer vast zou zitten tenminste.

Niet lang daarna stond Johnny alweer buiten, hij wenkte me. Lang verhaal kort: hij moest honderdvijftig euro contant afrekenen voor het stelen van het verkeersbord, de boete voor het inrijden van een eenrichtingsweg werd naar ons huisadres gestuurd, net als de boete voor foutparkeren. Johnny gaf het adres van Joep op. Die honderdvijftig euro kon ik natuurlijk dokken, om die reden was ik erbij geroepen.

'Ik geef het geld alleen als je verder rijdt naar het goede Steinheim.'

Johnny knikte.

'Oké, oké, ik snap hem. Chantage. Goed gedaan, broer.'

Ik zei het toch? Een en al pistool, geen kogels.

*

Zonder te vragen of hij het goedvond was ik achterin gaan zitten naast Benji. De situatie was simpel gezegd als volgt: ik was op excursie naar de krater van Steinheim met mijn kleine broertje, en mijn grote broer was onze chauffeur en gijzelaar tegelijk. Het voelde natuurlijk als een overwinning dat ik hem zo bij de ballen had, maar ondertussen was van moeders geld nog maar tachtig euro over, we zouden pas rond zes uur in het juiste Steinheim zijn en er moest op de terugweg weer getankt worden. Ergens diep vanbinnen was ik ook wel geschokt door Johnny's gedrag. Niet dat hij verkeersborden stal en eenrichtingswegen in scheurde, dat was welbekend, maar dat hij zijn broertje zo snel liet vallen. Dat een stom dorp het eindpunt maar moest zijn omdat hij geen zin had om verder te rijden. Wat maakte het voor verschil of die krater zich om de hoek bevond of aan het einde van de wereld? Ik had in de veronderstelling verkeerd dat Johnny en ik een bondgenootschap hadden. Benjamin redden, dat was een heilig verbond. Het was verdomme niet een of ander televisieprogramma, zo'n spel waarbij half bekende Nederlanders elkaar de hele tijd naaien. Begreep Johnny dat dan niet? Of was hij gewoon gemakzuchtig en dacht hij dat je reddingen bij de benzinepomp kon kopen, twee voor de prijs van één, met gratis verkeersbord?

Maar goed, van Steinheim naar Steinheim in vijf uur, je moet er maar zin in hebben. Warburg, Kassel. Na een tijdje kwam Benji tegen mij aan hangen, ik zag Johnny loeren in de achteruitkijkspiegel. Je kon zeggen wat je wil over hem, maar ondertussen reed hij al iets van zes uur achterelkaar zonder ongelukken over de Duitse Autobahn. Het raampje stond weer open aan Johnny's kant, maar ik zat nu zo dicht bij Benji dat ik best met hem kon praten. Maar ik zei niks, ik wist geen luchtig onderwerp, ik vroeg alleen of hij chips wilde. Die waren al op, het werd tijd dat we iets normaals aten. Er kwam warme wind door het raam, mijn knieën zaten klem tegen de achterkant van Johnny's stoel, waar Benji tegen mij aan leunde deed mijn arm pijn en ik moest plassen. Fulda, Würzburg, ik had er allemaal nog nooit van gehoord en bedacht waar we met acht uur rijden ook ongeveer hadden kunnen komen: Parijs, Londen, Berlijn.

Benji viel tegen mijn schouder aan in slaap, of hij deed alsof. Ik sloeg een arm om hem heen, hield zijn bovenarm vast.

Vreemd, door die stakerige botten was het alsof je de dode Benji door de levende heen kon voelen.

*

'We moeten weer tanken,' zei Johnny. Hij was al een hele tijd merkwaardig stil, alsof hij berustte in de situatie, alsof hij een nieuwe Johnny aan het uitgraven was, een die wist wanneer hij zijn verlies moest nemen. Ik denk dat hij zijn verzet had gestaakt, omdat chagrijnig doen ook energie kost. Misschien treurde hij om het verlies van zijn verkeersbord. Of had hij honger, net als ik?

Echt hoor, ooit stop ik ermee om voor anderen te denken, wat heb ik met andermans verlies of honger te maken? Ze moeten het zelf maar zeggen als er iets is, ik heb aan mezelf meer dan genoeg. Ik ben Eden, geef mij een zak chips en ik ben al dik tevreden. Verwacht niet dat ik het ga hebben over traumatische ervaringen uit het verleden. Ik weet niets meer van mijn vader, dat zei ik al, echt niets. Nou ja, we hebben sindsdien niet meer aan Sinterklaas gedaan, Sinterklaas was blijkbaar zijn ding. Het was al bijna vijf uur, m'n moeder had mij al een keer of vier gebeld, waarschijnlijk vaker. Ik wenste dat ik veel meer geld van haar rekening had gehaald dan die driehonderd euro. Aan de andere kant, als Johnny dat bord niet had gestolen waren we nu alweer bijna thuis, want ik had hemel en aarde kunnen bewegen, hij was nooit verder gereden. 'Hemel en aarde bewegen' is wel geslaagde beeldspraak als het over meteorieten gaat.

We waren er nu echt bijna, minder dan een uur rijden zag ik op Google Maps. Benji begon mij ineens dingen te vertellen over die krater, of over meteorieten en kraters in het algemeen. Bij ieder ander had ik het kapot saai gevonden, maar bij Benji, nou ja, bij Benji eigenlijk ook. Ik zat daar gewoon lekker, naast hem.

'Weet je hoe dat gaat als er zo'n meteoriet inslaat?' Het klonk aandoenlijk, alsof hij het al tientallen keren had zien gebeuren. Hij praat altijd een beetje lijzig, dat had ik al gezegd, maar nu sprak hij lijzig-geanimeerd. Voor een jongen die al zes uur in een snikhete auto zat, was het best indrukwekkend.

'Het is echt anders dan je denkt,' zei hij. Daar bleek hij gelijk in te hebben. Ik dacht altijd dat zo'n brok steen op aarde knalde, en dat er dan een gat in de aarde zat zoals bij een vulkaankrater, onder in het gat lag die steen dan te fonkelen. Wat ik niet wist: de inslag heeft een kracht van tienduizend atoombommen en de meteoriet wordt door de hitte die daarbij ontstaat volledig vernietigd, de aarde peuzelt hem als het ware helemaal op – nee, het ding wordt vloeibaar en verdampt gewoon. Hap-slik-weg. Door de drukgolf ontstaat die krater, het gesteente wordt opzijgedrukt, in rimpels. Dan veert de aarde terug waar de meteoriet neerkwam, zo krijg je een centrale heuvel, precies in het midden van de krater dus. Ik zeg het allemaal maar simpel. Dat van die centrale heuvel vertelde Benji met veel nadruk, alsof hij voor mijn ogen die heuvel zat te kleien. Daarna vertelde hij nog dingen over stenenregens en stofwolken die het aardoppervlak verduisteren, ik meende het weleens eerder gehoord te hebben en juist daarom heb ik het niet goed onthouden. Wat bleef hangen: als er nog eens zo'n steen hier neerkomt, dan is het einde oefening. De meteoor ramt door de atmosfeer met twintig kilometer per seconde. Dat gaat met een oorverdovend krijsend geluid gepaard, maar daar horen we gelukkig niks van want dat geluid bereikt ons pas vijf minuten later. Dan zijn we al hartstikke dood, als we geluk hebben.

'Ik moet pissen,' zei ik. Niemand had echt een boodschap aan mijn mededeling. Als jij moet pissen en de anderen niet, dan zit je stil te lijden, het toont maar weer aan dat de mens *at the end of the day* eenzaam in het universum ronddoolt, met een volle blaas – *die ewig Betrogene des Universums*, of zoiets. Volgens Instagram is dat een uitspraak van Nietzsche – of dat klopt moeten anderen maar uitzoeken. Dat we moesten tanken was mijn redding. Ik keek tussen de twee stoelen door naar het dashboard en zag dat het benzinelampje weer brandde, maar ik had geen idee hoelang al.

Nog twee afslagen en dan kwam Steinheim am Albuch. De spanning nam toe, bij mij tenminste: ik wist op dat moment zeker dat we het niet zouden halen. Van de zenuwen en omdat ik mijn hoge nood wilde negeren begon ik te neuriën, Johnny zei dat ik even m'n bek moest houden, dat 'even' klonk alsof ik de hele rit al aan het neuriën was geweest. Hij was blijkbaar nog steeds geïrriteerd, terwijl hij verdomme dankbaar moest zijn dat ik hem van de politie had gered. Maar ja, voor dankbaarheid moet je niet bij Johnny zijn. Als ik heel eerlijk ben heb ik geen idee waarvoor je wél bij Johnny zou moeten zijn, behalve voor zijn auto. De snelweg was vreselijk, met teer aan elkaar geplakte betonplaten, volgens Johnny stamde het nog uit de tijd van de nazi's. 'Je kunt zeggen wat je wil van die nazi's,' zei Johnny, 'maar snelwegen aanleggen konden ze ook niet echt.' Ik nam aan dat het ironisch bedoeld was, al is Johnny niet zo goed in ironie.

*

Voor de afslag naar Steinheim vonden we nog een benzinestation. Het was zo'n supergrote Raststätte waarbij de pomp zelf een beetje bijzaak leek, het draaide meer om de fastfoodtent en het schnitzelrestaurant. Ik gaf twee briefjes van twintig aan Johnny, het maximumbedrag dat ik nu kon missen voor benzine. Dan kon Johnny tanken, daarna konden we alle drie een hamburger eten en dan hup door naar die krater, die in mijn hoofd zo langzamerhand mythische vormen had aangenomen. Ik liep met samengeknepen billen en een brandende blaas in een rechte lijn naar het gebouw met de restaurants. Toen de automatische deuren achter mij dichtgingen was ik in een andere wereld, alsof ik door een wormgat in een andere tijd terecht was gekomen. Ik probeer niet interessant over te komen, ik dacht dat echt: dat ik een eeuw verder was beland. Er hing een misselijkmakende vette baklucht, en er liepen alleen maar dikke mensen rond, absurd dikke kinderen ook, met vuile T-shirts die om hun buik spanden. Links het fastfoodrestaurant, rechts de schnitzels, het leek alsof ze er woonden, de dikke mensen, alsof ze de hele dag pendelden tussen die schnitzels en hamburgers. Het geluid van hun stemmen balde zich samen in die hal, zo voelde het, als een bal van geluid en ik zat midden in die bal. Niemand lette op me, en toch was ik het middelpunt van die chaos.

Ik baande me een weg, niet zozeer door de mensen maar door dat kosmische lawaai, richting de trap naar de toiletten, die zich ondergronds bevonden. Ik klom over een van de draaipoortjes, had geen zin om te betalen. Dat klimmen deed ik best handig met mijn volle blaas, en niemand zei er iets van. Ik ging naar de heren omdat daar altijd plek is. In het toilet was het lawaai mogelijk nog erger, hoewel niemand praatte. Hier waren de handdrogers, de kranen en de stortbakken aan het woord. Er kwam een plee vrij, ik sloot het deurtje, liet mijn broek zakken en ging op de pot zitten zonder te kijken of die schoon was. Ik hield mijn handen tegen mijn oren, hoorde het geluid van mijn klaterende plas door mijn lijf heen naar mijn oren gaan. Daarna stilte. Ik dacht even aan niets, nee, dat kan niet, ik dacht aan niets anders dan dat niets zelf en besefte hoe heerlijk dat was. Het was maar kort, een kort en heerlijk moment, en hup daar waren de gedachten alweer. Wat had ik me nou eigenlijk in mijn hoofd gehaald? Dat ik mijn broertje wel even zou redden, met een onmogelijk saaie trip naar een onzichtbare krater? Ik kon mezelf niet eens redden. In het vliegtuig moet je ook eerst het zuurstofmasker bij jezelf op doen. Eerst jezelf, dan de ander.

Ik wil niet meer, zei een stem. Het klonk als mijn eigen stem, hoewel ik die niet goed ken: ik wil niet meer, het is wel goed zo. Waar was ik eigenlijk, wat was dit voor wc? Ik stelde me voor dat ik dood was, dood zonder pijn, dat is toch fijn? Ik wilde mijn broertje ervoor behoeden, maar wie behoedde mij? De deur bewoog, er werd op gebonsd, of aan getrokken, dat kon ik niet horen.

Ik haalde mijn handen van mijn oren, werd weer overspoeld door geluid. Ik verliet de wc en nam niet eens de moeite mijn handen te wassen. Op de terugweg raakte ik verdwaald, vraag me niet hoe het kan maar alles zag er totaal anders uit. Alles was wit, dat was eerder niet, hoewel... ik wist het eigenlijk niet meer. De restaurants waren verdwenen, of bevonden zich niet meer in mijn blikveld. Nog vreemder was het dat het oorverdovende geluid verdwenen was, het enige wat ik hoorde was geschuifel van voeten, en de mensen die langsschoven waren allemaal dun. Het was alsof ik onder water gedompeld was en alle richting had verloren. Het duurde even voor ik ontdekte dat ik geen adem kon halen. Ik zoog wel lucht op, maar er was geen lucht, alleen een vacuüm dat mijn longen deed dichtklappen. Zie je, ik ben dood, dacht ik. In paniek zocht ik naar de uitgang, ik draaide me om, schrok me rot omdat er een lange man pal achter me stond. Ik moest omhoogkijken om zijn gezicht te zien, het was een nette heer, hij had donker haar in een scheiding en droeg een rond brilletje. Hij had de mouwen van zijn witte overhemd opgestroopt. Hij glimlachte en sprak tegen me, één enkel zinnetje. Het was geen Duits, en zeker geen Nederlands. Hij herhaalde het zinnetje, ik schrijf het op zoals ik het hoorde: 'Anadanish lushoemoe.'

Het was een onbegrijpelijk zinnetje voor mij, maar zijn rustige stem kwam me op een of andere manier bekend voor. Hij knikte vriendelijk, draaide zich om en liep weg. Bijzonder vreemd allemaal, maar het vreemdste was dat de man me gerustgesteld had. Ik kon weer ademen, zoog mijn longen vol lucht en vond de uitgang gemakkelijk. Helaas was het een andere uitgang, wat ik pas zag toen ik buiten stond te kijken naar een enorme parkeerplaats, links vrachtwagens, rechts personenauto's en busjes. Hoe blij ik ook was dat ik uit het wormgat gekropen was, terug mijn eigen wereld in, nog steeds herkende ik niets. De benzinepomp zag ik helemaal niet meer, die moest zich aan de andere kant van het gebouw bevinden, maar Johnny en Benji waren natuurlijk allang klaar met tanken, dus zouden ze aan de rechterkant ergens moeten staan met de auto. Ze zouden vast naar me uitkijken en zwaaien.

Ja, vast.

Zou ik Benji (en Johnny, oké) terug kunnen vinden? Tot nu toe was ik de initiatiefnemer, peacemaker en redder geweest – dat ligt me wel. Maar nu was ik ineens de sukkel in het verhaal. Eden moest naar de plee en raakte vermist. Verdomme nog aan toe, dit hele verhaal ging toch zeker niet over mij? Het gaat nooit over mij, en dat is prima, zo heb ik het graag. Op school vraagt iedereen altijd: 'Hoe is het nou met je broertje?', althans de leraren, niet mijn klasgenoten of zo. Die vragen sowieso nooit iets, nou ja, behalve dan of ik nou een jongen of een meisje ben. 'Hé, wat bén je nou?' Dat vinden ze echt de honderdduizenddollarvraag, en als je niet wil antwoorden gaan ze je side-eyen. Dan zeg ik: ik ben Eden, en ik ben verder niks. Het side-eyen verandert dan in oogrollen, ik ben dol op oogrollen, ik kijk er echt graag naar. Ik denk dat de oogrol en de duckface tot het beste behoren wat onze beschaving heeft voortgebracht, samen met chocoladeroomijs en knettersuiker.

Inmiddels was ik al twee keer langs alle auto's op de parkeerplaats achter de Raststätte gelopen, het was er bloedheet en er was nergens schaduw. Het blinkende blik deed pijn aan mijn ogen, rond de auto's bewogen weer totaal andere mensen, niet de dikke, niet de dunne, dat vond ik vreemd maar ook weer niet zo vreemd dat het me kon schelen, ik moest die verdomde Golf van Johnny vinden. Er bleek nog een groot parkeerterrein voor personenauto's achter deze parkeerplaats te liggen, de twee waren gescheiden door een groen, langgerekt heuveltje waarop picknicktafels stonden. Ik begon toch weer in paniek te raken en rekening te houden met de mogelijkheid die iedereen allang bedacht zou hebben: dat ze zonder mij verder waren gereden. Wie weet hoelang ik op die wc met mijn handen tegen mijn oren had gezeten, ik had geen benul van tijd, het kon wel een uur geweest zijn. Johnny was het beu geworden, hij had gevloekt en gas gegeven. 'We pikken haar wel ergens op, nu gaan we naar die kutkrater.' Ik hoorde het hem zeggen, Benji zat op de achterbank en kon niks beginnen. Zou hij geprotesteerd hebben? Dit werd opeens de belangrijkste vraag voor mij. Zou mijn broertje het voor mij opnemen? Ik was spoorloos verdwenen, door een portal gelopen, een andere tijd in, het was misschien een dag eerder of later, misschien een uur, of tien jaar, of een parallel universum waarin Johnny noch Benji bestond. Als ik nog een paar keer door die portal liep zou ik misschien in de gaten krijgen hoe het werkte, dan zou ik in de tijd van de meteoriet terecht kunnen komen! Ik dacht weer aan de vreemde man en het vreemde zinnetje, hoe ging het ook alweer? Wat betekende het?

Narrig getoeter haalde me uit mijn bubbel. De Golf draaide een parkeervak in vlak bij waar ik stond. Johnny begon te schreeuwen dat ik hamburgers moest gaan halen, toeterde daarna nog een paar keer. Johnny is gierend irritant, maar hij heeft wel precies in de gaten wanneer ik aan het dromen ben.

*

Al rijdend aten we de hamburgers, voor Benji en mijzelf had ik een veggie gekocht die naar rook smaakte. Ik snap niet dat ze vegaproducten zo veel mogelijk willen laten lijken op verbrande dode dieren van de barbecue. Voor wie nu denkt: die Eden denkt zeker dat ie een beter mens is omdat ie geen dieren eet – dat klopt. Iedereen die wél dode dieren eet is een debiel. Plus Joep, die is vegetariër en toch een debiel. Als hij er is eet ik soms een halve gehaktbal, om hem te sarren. Volgens Johnny is dat zo'n beetje de lafste vorm van protest. Daar heeft hij gelijk in.

Johnny had een dubbele cheeseburger die helemaal naar niks smaakte, vond hij zelf. Omdat hij achter het stuur zat te eten, zag hij niet dat de meeste ketchup uit zijn broodje op zijn T-shirt droop. Tussen het smakken door vertelde hij wat er bij de pomp was gebeurd. Lang verhaal kort: de auto wilde niet starten. Na een hoop gedoe kwam een kerel in een SUV met een paar startkabels aanzetten, die kreeg de Golf weer aan de praat. We moesten volgens Johnny de motor vanaf nu draaiende houden omdat de accu misschien niet oplaadde. Voor iemand met zijn shirt vol ketchupvlekken klonk hij behoorlijk overtuigend. Ik probeerde me voor te stellen hoe we met een ronkende motor bij die krater zouden staan, Johnny achter het stuur, toeterend. Let wel, ik schrijf dit allemaal achteraf op, hè. Ik zat vol goede hoop, en van die stomme hoop werd steeds een plakje afgeschaafd.

We gingen de snelweg af en draaiden een provinciale weg op. Ik moet zeggen, het was er echt mooi, niet spectaculair mooi zoals berglandschappen, maar groen en glooiend. Het enige nadeel was dat er werkelijk geen spoor van een kraterwal of zoiets te zien was, laat staan van rotsachtig gesteente in onaardse kleuren. Ik had natuurlijk een totaal verkeerde voorstelling van een meteorietkrater, en ook al had Benji mij best goed voorgelicht, beter dan een kleutertekening werd het niet in mijn hoofd. Een mooi groen Teletubbieslandschap was het, als ik hier moest wonen zou ik er waarschijnlijk de zenuwen van krijgen. Ik had nog vierentwintig euro over van mijn moeders geld, en op mijn bankrekening stond ook nog iets van twaalf euro. Johnny's telefoon was inmiddels uitgevallen dus die kon niks meer betalen, zelfs niet als hij het zou willen. De mijne moest dus blijven werken, hij stond op twintig procent want ik was echt zuinig geweest. Navigatie hadden we niet meer nodig, we naderden Steinheim. Ik keek om, Benji keek verwachtingsvol naar buiten, links, rechts, groen golvend land, maar misschien zag hij er iets in wat ik niet zag.

Na een tijdje kwamen we langs bedrijfsgebouwen, een filiaal van de Lidl en wederom een tankstation, via een rotonde reden we het dorp in. Nergens een bord waarop stond dat we *willkommen* waren, en nergens een bord dat de krater aanduidde. Ze deden hier verdomme alsof ze van geen krater wisten! Was het dan toch weer het verkeerde Steinheim? Benji zei niets, ik durfde niet te vragen wat hij ervan dacht. Het is bijna niet te geloven maar dit Steinheim was nog saaier dan het vorige, twee bankkantoren, een apotheek en een slagerij, verder keurig wit en lichtgrijs geschilderde huisjes met een puntdak. Johnny zweeg al een tijdje, hij had nog verschrikkelijk gevloekt toen hij de ketchup op zijn shirt ontdekte, maar daarna was het angstig stil gebleven. Hij had een paar klodders uitgesmeerd, waardoor hij leek op een vampier die een feestje had gehad. We kwamen langs een bloemenzaak, iets met elektrotechniek en zowaar een bakkerij.

'Stop! Linksaf!' Ik riep niet alleen, ik trok Johnny ook aan zijn arm. Johnny trapte keihard op de rem, ik hoorde de banden slippen, de auto draaide een kwartslag en toen stonden we stil in de bocht, de neus richting het bord dat ik als enige gezien had: METEORKRATER-MUSEUM 2 KM.

De motor was uitgevallen. Johnny siste een paar vloeken tussen zijn tanden door. Hij draaide de sleutel in het contact, de startmotor reutelde en kuchte, bij iedere poging een tikje trager. Tegen beter weten in bleef hij het proberen, als een bezetene zat hij aan die sleutel te hengsten.

'We duwen de auto even naar de stoep, oké?' zei ik. 'We staan nu midden op de weg.'

'Ja, dat zie ik! Dat zie ik ook wel! Stomme trut!'

Nu was ik echt kwaad. Niemand noemt mij ongestraft een trut. Johnny zou ik straffen door uit te stappen en weg te lopen. Dan zat hij zonder geld met een kapotte auto. Benji en ik zouden wel zien.

'Kom Benji.'

Duitsland moet om veel dingen worden geprezen. De snelheid waarmee de politie ter plaatse is, is er daar een van. Alleen hadden wij daar op dat moment vooral last van. Benjamin en ik waren nog niet uitgestapt of er stond alweer zo'n lichtblauw-met-knalgele wagen naast ons.

'Problemen?'

Het was weer een vrouwelijke agent, dit keer met een man als compagnon. Ik zou gezworen hebben dat het dezelfde vrouw was, maar dat kon natuurlijk niet.

'Ja, hij heeft problemen,' zei ik, wijzend naar Johnny. 'Wij hebben er nichts mit zu machen.'

Ik weet niet of ze dat begreep, maar een paar tellen later stond de mannelijke agent de auto te duwen terwijl de vrouw Johnny aanwijzingen gaf: links, rechts en weer links. Nu leek ze toch wel een beetje op een Duitse soldaat in een Nederlandse oorlogsfilm zoals Johnny ze nadoet, al zijn die soldaten nooit vrouwen. Gelukkig hield hij zijn mond en volgde hij de aanwijzingen op. Zo stond de auto snel netjes langs de stoep, precies bij het bord METEORKRATER-MUSEUM 2 KM. Daarna moest hij zijn Führerschein laten zien. Hij wist inmiddels wat dat was. Vervolgens moest hij blazen op een tuitje. De agenten waren tevreden met de uitkomst, maar Johnny moest wel uitstappen. Ik inspecteerde de slipsporen op de weg. Met een beetje fantasie leek de afdruk op de weg op die van het verkeersbord dat Johnny op zijn kamer had. Benji stond op de stoep met de handen in zijn zakken, zijn knokige schouders hoog opgetrokken, ik zag zweet op zijn voorhoofd glimmen en schaamde me ineens verschrikkelijk. Ik had mijn broertje meegesleept in een onzinnig avontuur, een tamelijk saai avontuur bovendien dat vooral bestond uit autorijden in de tyfusherrie van een open raampje. Ik zag hem daar zo staan en schaamde me dood voor deze hele onderneming, met mijn stomme goede bedoelingen. De weg naar de hel is geplaveid met goede bedoelingen, zeggen ze, en mijn hel was hier en nu, in de bloedhitte in een vreselijk Duits dorp met twee agenten die inmiddels doorhadden dat Johnny niet echt goed Duits verstond en daarom begonnen te gebaren: of hij de achterklep even wilde openen.

Zo ontstond er een idiote scène, waarbij Johnny deed alsof de achterklep niet open wilde. Hij duwde erop en hield daarna zijn handen boven zijn hoofd alsof hij onder schot gehouden werd. Ik begreep niet waarom hij die klep niet wilde openen, ik wilde roepen dat hij niet moeilijk moest doen, maar het leek me beter me afzijdig te houden. De agente ging toen zelf een poging doen, ze zei steeds 'kein Problem, kein Problem' maar hield daarmee op toen de klep meteen openschoot en ze samen in de kofferbak keken. Net zomin als ik hadden ze verwacht een verkeersbord aan te treffen. Het was een rechthoekig blauw bord met een grote P erop en POLIZEI daaronder. Nog steeds breek ik me het hoofd erover hoe Johnny dat bord zo snel had kunnen jatten uit dat andere Steinheim, blijkbaar uit het zicht van Benji en mij. Dat kon gewoon niet. Maar het was precies zo'n blauw bord, het was dát bord.

Johnny stond ook te doen alsof hij stomverbaasd was, als een drugskoerier die tegen beter weten in blijft volhouden dat hij van niks weet, dat hij erin geluisd is. De mannelijke agent haalde het bord uit de auto, hij hield het vast alsof hij ermee op de foto wilde. De vrouw schudde haar hoofd. God, hoe kon die broer van me zo stom zijn geweest?

'Zullen we gaan?' vroeg Benji.

Ik knikte, draaide me om en liep alvast in de richting die het bord aangaf, naar de krater.

*

De eerste honderd meter liep ik zo gespannen dat ik in een gewoon wandeltempo al buiten adem raakte. Ik was bang dat de agenten ons zouden terugfluiten en dan zaten we straks met Johnny op het bureau. Toen we een flauwe bocht om waren en ik zo goed als zeker wist dat we waren weggekomen ontspande ik, ik begon zelfs dom te grinniken, en Benji deed mee. Weer een eindje verder liepen we te hikken van het lachen. Je zou echt niet gezegd hebben dat we richting een meteorietkrater liepen: al die strak wit gepleisterde huizen, de aangeharkte tuintjes, het geasfalteerde trottoir. Achter ons kreeg Johnny ongetwijfeld te horen dat hij even mee moest komen ins Büro. Naar mijn geld kon hij dit keer fluiten. Ik had niet eens geld meer. Terwijl we daar liepen schoot het me te binnen: Johnny had dat verkeersbord gejat toen Benji en ik op dat bankje even verderop zaten. Dat was nog vóór ik die boete betaald had. Misschien had hij het gedaan toen hij gesommeerd werd ons te halen, bij wijze van wraak, de zoete wraak van de verkeersbordenkoning en wereldkampioen in-de-eigen-voet-schieten. Het was goed dat we Johnny achter ons hadden gelaten, ja, dat was heel goed. Terug konden we ook wel liften, en sowieso, wie dacht er aan de terugweg nu ons doel in zicht kwam? Nou ja, 'in zicht', links van ons was een ommuurde begraafplaats, rechts een voetbalveld. Als je ooit een doodgewoon saai dorp zocht, voor in een horrorfilm of zo, dan hadden wij het zojuist gevonden. De muur hield op, opeens rees daar een heuvel op, niet erg hoog maar wel grilliger van vorm dan al die zacht glooiende groene golven in het landschap. Er stonden bomen en struiken, maar er was ook een kaler stuk, slordig met gras of mos bedekt, alsof het een voormalige afgraving was.

'Dit is het,' zei Benji.

Er liep een wandelpad richting de heuvel, er stond een informatiebord bij het begin ervan, dat was alles, een suf informatiebord. Maar Benji had wel gelijk, dit was de *Zentralhügel*, de centrale heuvel van de krater, ontstaan op exact de plek waar de meteoriet was ingeslagen. Die was meer dan honderd meter diep de aarde binnengedrongen, volledig verdampt, waarna het omlaaggeduwde gesteente terug was geveerd. Benji had het me verteld, ik had het onthouden, en hier stond het nog eens in het Duits. Het was vijftien miljoen jaar geleden, de dino's waren al dood en de mens was er nog niet, en het was hier, op de plek waar we stonden. Als je het niet wist, zou je het nooit zien, er stonden bomen op de heuvel, struiken, er groeide gras en er waren kale plekken, het was een kleine, compacte heuvel. Als iemand gezegd zou hebben dat het een kunstmatige heuvel was, dan zou ik dat geloofd hebben, want die heuvel klopte niet, op die plek. Het klopte dus ook niet, alleen was er niets kunstmatigs aan, er was hier iets rampzaligs gebeurd, iets van kosmische omvang. Als je het wist kon je het niet meer niet-zien, net als bij ons thuis, of bij Johnny in ieder geval. Johnny was erbij toen onze vader bij een spoorwegovergang tegen een trein aan liep, hij heeft het gezíén. Althans, dat beweert hij. Ik was zes en geloofde toen nog alles. Ik moet niet beginnen over dingen waar ik liever niks over zeg en ook nauwelijks iets van weet.

'Kom,' zei Benji.

Waren zijn passen net nog sloom, nu rende hij bijna. Ik had geen zin om te rennen, waarom die haast? Die heuvel lag er al vijftien miljoen jaar, en hij zou vanmiddag niet voor onze ogen verdwijnen. Ik volgde op een afstandje, het pad liep vrij steil omhoog, het saaie witte dorp lag al snel aan mijn voeten. Vliegen zoemden om mijn hoofd, ik sloeg ze weg, het enige wat ik ermee bereikte was dat ik een pufje wind produceerde, de vliegen kwamen terug, er streek er een neer op mijn arm, ik zag het net te laat. Vlak voor ik hem doodsloeg wist hij me te steken, een kort en gemeen prikje. Op het hoogste punt van de heuvel meende ik ergens beneden de rode Golf te zien, even verderop belemmerden hoge struiken mij het zicht. Meer vliegen, ik maaide met mijn armen, kreeg het daar nog warmer van. Benji was inmiddels helemaal uit mijn blikveld verdwenen. Waarom liep hij zo snel, en waarom keek hij niet beter rond? Nou ja, hij had ook te maken met die vliegen. Het pad werd gemakkelijker begaanbaar, het liep niet meer steil omhoog, de begroeiing was grotendeels weg, waardoor ik de wind weer voelde en de steekvliegen uit beeld verdwenen.

'Eden!'

Het was gek om mijn naam te horen uit de mond van mijn broertje. Noemde hij mij ooit bij naam? Ik bleef stilstaan maar keek in de verkeerde richting, zodat hij mijn naam nog eens zou roepen.

'Eden, hier!'

Ik draaide me om, Benji stond tussen twee bomen en wenkte me, er liep een smal paadje tussen die bomen door, en daarachter, daar was iets. Hij ging me voor, ineens stonden we bij een enorm rotsblok, het stond daar alsof het een monument was. Ik moest denken aan de beelden op Paaseiland, maar toen ik eromheen liep stelde ik vast dat het veel grilliger van vorm was.

'Is dit van die meteoriet?'

Het antwoord wist ik zelf wel, de meteoriet bestond niet meer, hij bestond een milliseconde na de inslag al niet meer, hij was geëxplodeerd en verdampt. Maar die rots had iets buitenaards, ik kan het niet anders zeggen, ik weet alleen niet waarom.

'Dit is gesteente uit het binnenste van de aarde,' zei Benji. Hij streek met zijn hand over de rots, heel aandachtig, alsof hij hem tot leven wilde wekken.

'Het is allemaal een beetje nagemaakt denk ik. Of opgepoetst. Geen idee. Maar deze steen komt wel van hier, en zonder die inslag zou hij nu niet blootliggen. Het is jammer genoeg geen sueviet.'

'Wat is sueviet?'

'Dat is een composiet, een gesteente dat bestaat uit allerlei verschillende soorten stenen die zijn gesmolten bij de inslag en die daarna zijn gaan samenklonteren.'

'Aha.'

Eigenlijk boeide het me niet, wat deze steen níét was, en dat Benji alles wist en ik niets, vond ik ook steeds moeilijker te verteren. We keken nog een tijdje naar de rots, die vaderlijk boven ons uittorende. Het was duidelijk dat Benji hier voorlopig niet weg wilde. We stonden in het midden van de centrale heuvel, die op zijn beurt weer het midden vormde van de krater. Die verdomde krater. We waren er. Zonder Johnny, maar we hadden het gehaald.

'Het is allemaal echt gebeurd,' zei Benji ten slotte.

'Ja,' zei ik. 'Het is allemaal echt gebeurd.'

Op dat moment begon de spijt aan me te vreten. Johnny was een idioot, maar hij was ook onze broer. Benji ging op het gras zitten, tegen de steen aan. Ik hurkte en ging daarna toch ook maar zitten. We keken naar het zuiden, een groene vlakte, misschien kwam het doordat we ons wat hoger bevonden op die heuvel, maar nu ik goed keek zag ik inderdaad dat het land rondom helemaal vlak was, een eind verderop begonnen de heuvels weer.

'Zie je de ringwal?'

'Wat, waar?'

'Daar.'

Ik zag het nog steeds niet.

'Hij is er wel, de ring van de krater. Het land is plat tot aan die wal, zie je het niet?'

'Ja, ik zie het wel.'

'De schokgolf stuwde de bovenste aardlaag op tot daar, we zitten precies in het midden van de cirkel. De vlakte is miljoenen jaren een meer geweest, het Bekken van Steinheim. Ze hebben hier weet ik hoeveel fossielen gevonden uit die tijd.'

Waarom wist hij dat toch allemaal? Hij sprak weer met dat lijzige, vermoeide toontje. Ik schrok er een beetje van. De wond in de aarde die de meteoriet had geslagen was alleen nog zichtbaar als je het wist. En de wond heelde niet alleen, er kwam iets voor terug wat er anders nooit was geweest. Een meer. Ik beet op mijn lip, mijn kont deed zeer, de plek waar de steekvlieg me te pakken had genomen jeukte en ik had een zeurende koppijn. Te weinig gedronken. Dit was het moment om erover te beginnen, over Benji's somberheid, over hoe hij zich terugtrok uit de wereld – zo noemde Joep het, de sukkel. Een sukkel ja, maar dit had hij goed gezien. Terwijl ik zat te dubben over een opening, begon Benjamin over iets totaal anders.

'Ben jij eigenlijk non-binair?'

'Wat?'

Natuurlijk verstond ik hem wel, ik was gewoon verrast.

'Non-binair, dat je je niet identificeert als...'

'Ja, ja. Ik weet best wat non-binair is.'

'Maar ben je het?'

'Weet ik veel, het is ook weer zo'n sticker die ze op je borst plakken, "non-binair". Stom en saai woord.'

'Je wilde toch altijd een jongen zijn?'

'Vroeger, als mensen me een jongen noemden, als ze zeiden "hé jongetje" of zo, dan werd ik altijd blij vanbinnen.'

'Vanbuiten ook,' zei Benji.

'Hoe bedoel je vanbuiten?'

'De smile die je dan op je gezicht kreeg. Weet je nog, in die kledingwinkel, toen de verkoper vroeg: "En misschien nog een leuk overhemd voor de jongeman?" Je hebt de rest van de dag gelachen.'

'Hoe weet jij dat nou? Dat is eeuwen geleden.'

'Je zei het ook steeds tegen Johnny: "Hij dacht dat ik een jongen was."'

Benji had gelijk, het was de tijd dat ik het liefst houthakkershemden droeg. Ik was elf of twaalf. Het verbaasde me dat hij het had onthouden.

'Nu heb ik dat gevoel dus nooit meer. Als ze me een jongen noemen vind ik dat irritant, en als ze me een meisje noemen ook.'

'Wat ben je dan?'

'Ik ben niks. Ik ben Eden. Als je van de trap...'

'Ja, maar waar val je op?'

Ik val nooit op, wilde ik zeggen. De waarheid is: ik val op alles en iedereen – echt waar. Ik word verliefd op iedereen die mij maar een beetje leuk lijkt te vinden, jongen of meisje maakt niet uit, iemand geeft me aandacht en hop, Eden gaat voor de bijl.

'Ik val op panda's. Ik ben pandaseksueel.' Ik keek of hij glimlachte. Nou, niet echt. Achteraf snap ik dat. Ik ging er lacherig over doen, omdat ik koppijn had en omdat ik me schaamde. Op die manier maakte ik het moeilijker voor hem. Het was even stil, ik denk dat hij zijn kansen afwoog. Dat hij er toch voor koos het te zeggen ontroert me nog steeds. Hij is zoveel moediger dan ik.

'Ik denk dat ik op jongens val.'

'O, hoera,' zei ik, in de hoop dat het er een beetje spontaan uit kwam. 'Dénk je het, of weet je het zeker?'

Hij perste zijn lippen op elkaar. Misschien had ik door moeten vragen, maar ik zag hoe hij zijn ogen neersloeg, en ik was bang hem verdrietig te maken. Ik sloeg een arm om hem heen en gaf hem een zoen op zijn krullen. Zijn haar stonk trouwens echt, hij had het waarschijnlijk al weken niet gewassen.

'Dus je bent gay,' zei ik. 'Hoera voor jou. Wel jammer dat je nog te jong bent voor een lekkere gaybar.'

Hij lachte nog steeds niet.

'Maar je vindt heus iemand,' ging ik verder. 'Je bent te mooi om zomaar los te lopen.'

Hij haalde zijn schouders op. Zo zaten we in de schaduw van de steen en het klinkt misschien gek, maar we leken wel gelukkig.

'Weet je wat *dark matter* is?' vroeg hij na een tijdje.

'Geen idee.'

'Nou, het heelal bestaat voor vijfennegentig procent uit lege ruimte. Maar die is dus niet leeg. Zichtbare materie is maar vijf procent. De rest bestaat uit dark matter en dark energy.'

'Aha. En hoe weten ze dat, als je niks kunt zien?'

'Door hoe de sterrenstelsels bewegen, door de uitdijing van het universum.'

'Oké. Nice.' Ik deed mijn best om niet te gapen, maar ik was echt moe.

'Misschien bestaan wij ook wel voor een groot deel uit dark matter en dark energy,' ging hij verder. 'Denk je dat dat zou kunnen?'

Met die opmerking wekte hij toch mijn interesse weer.

'Bij Johnny wel ja, Johnny is een vaatje dark energy.'

'Dark betekent niet *slecht*, het betekent *onzichtbaar*.'

Benji ging staan.

'Ik loop nog even naar die ringwal.'

Hij wil mij er niet bij hebben, besefte ik, hij wil alleen zijn met zijn dark energy. Maar dat kon niet, dat kon ik niet toestaan. In een reflex greep ik zijn arm vast. Nee, ik greep mis. De hoofdpijn viel me aan, het werd zwart voor mijn ogen, door het snelle opstaan misschien. Jij loopt mooi nergens heen, daar komt niks van in, jij blijft hier, je moet zelf weten wat je met je leven doet, maar niet waar ik bij ben. Not on my watch, hoor je dat?

Dat hoorde hij niet want ik zei het niet hardop.

Vanaf hier wordt het ongeloofwaardig, maar daar kan ik niks aan doen, ik vertel alles precies zoals het gebeurd is. Ik kneep mijn ogen dicht, ineens zat ik weer op die wc in die Raststätte, mijn handen tegen mijn oren, het suizen van mijn hoofd, alles wat vanaf dat moment gebeurd was, had in een ander universum plaatsgevonden, ik zat klem in het wormgat en was helemaal alleen. Toen ik mijn ogen opende, stond ik in de witte hal tussen het schnitzelrestaurant en de hamburgers, er stonden vier vreemde mensen voor mijn neus. Het was een gezinnetje, maar dan ook echt zo'n modelgezin: vader, moeder en twee kinderen – een jongen en een meisje. Ik zie ze zo voor me: een knappe vrouw met een sjaaltje in haar haar, een meisje van een jaar of zes, ze droeg gympen die me te groot leken en had een flinke tak in haar hand die ze als wandelstok gebruikte. De zoon was acht, schat ik, maar een paar centimeter langer dan zijn zus en hij had krullen, hij keek niet al te geïnteresseerd. De vader was lang en dun, hij had de mouwen van zijn hemd opgestroopt. Beide ouders droegen wandelschoenen. Ik kende die man ergens van, hij had zwart haar in een scheiding, waarschijnlijk met Brylcreem strakgetrokken, en hij droeg een zonnebril. Waar had ik hem eerder gezien? Het schoot me te binnen toen hij zijn hand opstak en één zinnetje uitsprak: ‘Anadanish lushoemoe.’

Ik was weer terug, ik voelde de koelte van de steen in mijn rug. De zon verblindde me, ik zag de vier mensen niet maar hoorde wel de stem van de man, die nog een keer die vreemde woorden sprak.

‘Hello from the children of Planet Earth,’ antwoordde Benji, die nog gewoon naast me stond. Ik verstond het goed, want ik kende die regel, alleen wist ik niet meer waarvan.

‘Ik loop nog even naar die ringwal,’ zei hij voor de tweede maal, met exact dezelfde dictie. Alsof hij het voor het eerst zei, zo klonk het.

Ik denk dat hij aan de andere kant van de rots, tussen de bomen door, langs het pad was vertrokken, ik zou het niet meer kunnen zeggen, maar hij was ineens weg. Ja, ik bleef te lang als vastgenageld zitten, met de woorden van Benji nog in mijn hoofd. 'Hello from the children of Planet Earth.' Waar kende ik dat van? De woorden bleven door mijn hoofd gaan, met een kinderlijke stem, ja, ik kende het zinnetje *met de stem van een kind*. Ik moest mezelf dwingen op te staan, ik moest kijken waar ze precies heen gingen. Maar toen ik eindelijk in beweging kwam, een paar stappen zette en mijn blik over het pad liet gaan, zag ik ze nergens meer, in de wijde omtrek geen spoor van Benji en die vier. Ze konden aan de voet van de heuvel staan, zodat ik eroverheen keek, dan zouden ze over een paar minuten wel weer tevoorschijn komen, op de weg door het open veld, richting de kraterrand. Wat ik niet meteen besefte is dat die kraterrand overál was, op zo'n anderhalve kilometer afstand, het was immers een cirkel. Alleen waar het dorp lag was er niets meer van over, verder konden ze alle kanten op gelopen zijn. Vanaf het moment dat ik dat inzag bleef ik besluiteloos staan. De steekvliegen waren teruggekeerd, maar ik schonk er geen aandacht aan. *Hello from the children of Planet Earth.* Zo had Benji die man begroet.

Ja, dat was het.

Het was Benji zelf die dat vroeger zei.

Hij deed dan alsof hij op ruimtereis was geweest. Ik en Johnny waren aliens en Benji een astronaut. We hadden een paar minuten geleden nog gesproken over die kledingwinkel. Moeder ging altijd met ons drieën tegelijk kleren kopen, omdat we nooit aantrokken wat zij kocht als ze alleen was gaan winkelen. Ik kreeg een ruitjesbloes waardoor ik op een jongen leek. Benji paste een shirt met planeten erop, hij trok het gordijn van de paskamer open, stond daar met dat malle shirt aan en zei dat. *Hello from the children of Planet Earth*. We lachten, althans dat denk ik, ik zie zijn kop nog voor me, hij was altijd zo vrolijk en zo'n mooi jongetje. Hij zei dat dus, maar er was iets mee, hij had dat zinnetje ergens vandaan... En nu was Benji weg, ik had hem laten gaan. Hij had zijn coming-out gehad, exclusief voor mij, en daarna was hij zomaar weggelopen met vreemde mensen. Het kon niet waar zijn. Het duizelde me, de warmte en het gezoem van de steekvliegen maakten het er niet beter op. Ik werd weer geprikt, in mijn hals, ik schreeuwde het uit. Ik liet de paniek even uitrazen. Daarna wist ik wat ik zou doen. Ik zou naar het politiebureau lopen om Benji als vermist op te geven. Daar zou ik vast Johnny tegenkomen.

Maar ik stond daar en deed niets, ik kon niets. Ik zat in een schaakspel en ik was een pion die geen kant meer op kon. Benji was een paard dat overal overheen sprong en Johnny, nou ja, Johnny was geslagen, van het bord af gehaald.

'Hé, Team Tofu.'

Ik geloof niet dat ik ooit zo blij ben geweest hem te zien.

*

Hij wilde mij natuurlijk eerst stevig inwrijven dat ik hem in de steek had gelaten, en dat liet ik maar begaan, al waren de beledigingen niet mals. Een en al pistool, geen kogels. Hij noemde me een landverrader (sinds wanneer was hij een land?), een rat en een lafbek. In het laatste had hij gelijk. Toen viel het hem blijkbaar op dat ik daar alleen stond.

'Waar is Benji?'

Ik vertelde wat er gebeurd was, zette me schrap voor zijn vloeken, maar hij reageerde er tamelijk laconiek op.

'Oké, nu zijn we ons broertje kwijt. Jij hebt echt alles, maar dan ook alles verknald hè, zus.'

Oké, dat was wel een kogel. Het ergste vond ik dat hij me zus noemde.

'Hoe heb je me gevonden?'

'Gewoon, ik liep de kant op die jullie op liepen. Toen zag ik die heuvel. Wat zijn dat voor kutvliegen?'

Hij mepte wild om zich heen, raakte natuurlijk geen enkele vlieg, ze vlogen weg en kwamen meteen weer terug. Toen hij dat doorkreeg hield hij ermee op.

'Oké, waar moeten we zoeken volgens jou?' vroeg hij hijgend.

'Langs de kraterrand.'

'Waar is dat?'

'Van daar tot daar ongeveer.' Ik wees de horizon aan,

wees van links naar rechts in ongeveer honderdtachtig graden.

‘Godverdekut.’

Hij zuchtte, sloeg een vlieg op zijn arm dood, schoot hem met zijn wijsvinger weg.

‘Dat schiet dus niet op. Die gaan we niet vinden. Wat moeten we nu doen, Eden?’

Ontdooid door zijn hulpeloosheid pakte ik zijn hand, ik trok hem mee over het pad naar de rots, hij liet zich meevoeren, het was onwerkelijk, het was alsof Johnny blind was en ik hem leidde. Erg verrast over die rots was hij niet. ‘O, de meteorietdinges,’ zei hij, en ik liet hem maar in de waan.

‘Hier was het,’ zei ik. ‘We zaten hier te praten, toen kwamen die mensen, en hij ging zomaar met ze mee.’

‘En jij zwaaide hem uit.’

‘Nee, ik weet het niet, ik kon niks beginnen.’

‘Waarom niet?’

‘Ik weet het niet, ik...’

‘Zat je net lekker aan je pik te trekken of zo?’

‘Wat de fuck?’

‘Ik stel een vraag. Of je aan je pik zat te sjorren.’

‘Wat lul je nou, Johnny!’

‘Je wil een pik hè?’

‘Hou je bek!’

‘Je wil een pik om lekker aan te trekken, hè zus?’

Ik gooide me boven op hem, hij viel achterover, bijna met zijn kop tegen de steen. Wat had ik zijn schedel graag open zien breken! Ik zat op hem, zorgde dat al mijn gewicht op zijn borst drukte.

'Heb je weleens gekeken wat dat kost, zusje? Een echte pik?'

Ik begon met mijn vuisten op zijn borst te meppen, hij greep mijn handen vast. Zijn gezicht was vertrokken, hij ontblootte zijn tanden.

'Wat moet je nou?' gromde hij.

Ik spuwde hem precies tussen zijn ogen, maar hij wist van geen ophouden.

'Ik heb een pik en jij niet, wil je een kusje, zielig zusje?'

Ik beet in zijn hand, hij schreeuwde en liet me los, ik sloeg hem met mijn vuist vol op zijn mond, de tweede klap kwam op zijn neus, er stroomde meteen bloed uit.

'Nice!' riep hij. 'Nice!' Hij greep naar zijn neus met zijn gekwetste hand, ik zag mijn tandafdrukken bij zijn duim. Hij kwam vloekend overeind, het bloed uit zijn neus kwam op zijn shirt, maar daar zag je weinig van, want daar zaten die opgedroogde ketchupvlekken. Hij bleef vloeken, met zijn neus dichtgeknepen, het was een raar gehoor.

'Kutwèf,' zo klonk het, 'Edun, stm kutwèf.'

Hij zag nu ook in dat zijn shirt niet te redden was, pakte het boord tussen duim en wijsvinger en kneep zijn neus dicht met het shirt. Zo bleef hij een tijdje zitten. Het was een heel zielig gezicht, die grote gast met al dat bloed, boven op de Zentralhügel van een meteorietkrater. Hij bleef binnensmonds vloeken tot het bloeden was gestelpt. Toen zei hij iets wat ik niet zo snel zal vergeten.

'Ik denk helemaal niet dat je Benji wil helpen met al dit gedoe, ik denk dat je jezelf wil helpen.'

'Hoe bedoel je?' vroeg ik, maar ik wist precies wat hij bedoelde, en ik wist dat hij gelijk had. 'Hij komt terug,' zei ik. 'Hij komt hier weer naartoe.'

'Ja. Zeker weten.'

'Je denkt niet dat hij ergens... zichzelf iets aandoet?' vroeg ik.

'Hoe moet je dat doen hier? Er rijdt hier geen trein, er is hier geen diep water. Bovendien vindt hij het hier leuk, hij wil alles zien.'

'Ja, hij wil alles zien.'

Johnny haalde een pakje shag uit zijn kontzak, ik wist helemaal niet dat hij dat bij zich had. Uit een andere broekzak haalde hij een aansteker en een zakje wiet. Dat hadden de agenten blijkbaar niet gevonden. Hij knutselde kalm een joint in elkaar en stak hem op.

'Wachten dus,' zei hij.

Hij nam een paar halen, rustig en aandachtig, daarna gaf hij de joint aan mij. Na één haal begon ik al te giechelen. Met wat gekuch probeerde ik het domme gegrinnik te verbergen.

'Dat kun je dus ook al niet,' zei hij. 'Blowen.'

Ik gaf de joint terug.

'Jij kan echt he-le-maal niets, hè zus?'

Hij inhaleerde alsof die joint hem leven gaf.

'Nee,' zei ik.

'Die mensen... Hij sprak ineens een stuk trager. 'Die mensen met wie Benji meeliep, was dat echt of verzin je dat?'

'Ik verzin helemaal niks.'

'Ik denk het wel. Dat gezinnetje, dat waren wij. Met vader. Dat meisje met die stok ben jij, ik ben dat joch met die krullen. En Benji was... nou ja, gewoon Benji zelf.'

Hij gaf de joint weer aan mij, ik nam rustig een diepe haal. Het kon niet waar zijn wat hij zei, maar op dat moment was ik in staat om alles voor waar te houden. Ik had gezien wat ik had gezien en nu was ik high.

'Je zag ons toen we klein waren.' Johnny gniffelde. 'Best cool.'

'Dat is echt een totaal stonede opmerking.'

Ik haalde de joint uit zijn mond. Het leek alsof er lipstick op het uiteinde zat, maar het was bloed. Het was bijna gezellig te noemen, samen vechten en blowen. Alleen jammer dat Benji er niet bij was.

'Misschien heb je het verzonnen omdat je het graag wilde,' zei Johnny.

'Ik heb niks verzonnen.'

'Ik heb ooit verzonnen dat ik erbij was toen vader

onder de trein liep. Ik wist jaren later pas waarom: om goed boos op hem te kunnen blijven. Dat hij het in z'n stomme kop haalde om onder een trein te lopen *waar zijn kind bij was*... wat een lul!'

'Wat? Wat zeg je? Dus je was daar niet bij?'

'*Zogenaamd* zag ik hoe hij honderden meters werd meegevoerd door die trein, en daarna viel hij op de rails voor de piepende wielen.'

'Dat heb je dus niet echt gezien.'

'Nee joh, ben je gek? En toch heb ik het in mijn hoofd zó vaak gezien dat ik er dol van werd. Een keer of drieduizend.'

'Het is zoiets als dark matter,' zei ik wazig.

'Als Darth Vader? Praat even normaal, ik snap geen reet van wat je zegt.'

'Dark matter. Je ziet het niet, maar het bestaat wel.'

Ik vond het een goede uitleg van mezelf, de beste uitleg ooit, en dat terwijl ik er zelf niks van begreep.

'O oké, nou ja, het zal wel,' zei Johnny. 'Maar zo is het dus ook begonnen met die verkeersborden, maar dat wist je natuurlijk wel.'

Ik wist helemaal niet hoe het was 'begonnen met die verkeersborden'. Ik wist zo goed als niets van mijn broer, als je erbij stilstond.

'Wat hebben die borden ermee te maken?'

Ik was totaal niet meer helder door de joint, de warmte en alles wat er gebeurd was. Johnny sprak nog langzamer en plakte de woorden aan elkaar.

'Op die plek stond zo'n waarschuwingsbord, bewaakte spoorwegovergang, weet je wel. Ik was al tig keer bij die plek geweest, ik fietste er vaak in mijn eentje heen. Zo'n driehoekig bord met een hekje erop. Nou, lekker bewaakt dan. Al die fucking bewakers, waar waren die? Op een nacht heb ik dat bord weggehaald, ik had een hele set steeksleutels en het keukentrapje meegenomen.'

Ik keek hem met open mond aan. Hij haalde de joint tussen mijn vingers vandaan.

'Je laat hem uitgaan, sukkel. Hier met die jonko.'

Hij stak de joint opnieuw aan en zoog als een bezetene, ik hield ineens van die mafkees, echt, het was heus niet dat ik high was. Ik wilde dat hij meer vertelde over dat keukentrapje en het verkeersbord, maar hij blies rook uit en zei niets meer.

'Dorst,' zei hij ten slotte. Ik zei ja.

'Er ligt water in de auto.'

Ik zei weer ja, maar kon absoluut niet in beweging komen. Benji, Benji, Benjamin, ging het onafgebroken door mijn hoofd. Benji, Benji, Benjamin. Ik stelde me voor hoe de rots achter ons zacht zou worden en zich om ons heen zou draperen, een stenen deken, zodat ik eindelijk kon slapen...

'Hé, Eden?'

'Ja?'

'Wakker worden.'

'Ik slaap niet.'

'We moeten naar de auto, nu.'

'Waarom?'

'Ik heb de motor laten draaien.'

*

Rennen konden we niet, althans ik niet, het ging gewoon niet. Ik denk dat we zwalkten, mijn benen wandelden net niet onder me vandaan. Aan de andere kant van de kraterheuvel hoorde ik de motor van de Golf brommen, vlak daarna zagen we de auto al. Johnny had hem op de parkeerplaats naast de begraafplaats achtergelaten, vlak bij dat informatiebord. Volkomen idioot dat hij hem zo, met draaiende motor, had laten staan, maar ik had ook niet geweten hoe het anders had gemoeten: als hij hem had uitgeschakeld, hadden we hem niet meer kunnen starten. Het idiootste was dat hij het was vergeten en een beetje was gaan blowen met mij. We dronken water en gingen in de auto zitten met de portieren open, hij stond gelukkig in de schaduw van een paar bomen.

'Ik kan zo niet rijden. Te stoned.'

'Vertel dan maar hoe het met die politie is afgelopen.'

Ik moet hem nageven: hij schepte er niet over op. Ze hadden zijn rijbewijs gecheckt en dus meteen gezien dat hij die dag al een paar boetes had gepakt. Hij vermoedde dat de agenten in de veronderstelling verkeerden dat het verkeersbord dat ze hadden gevonden hetzelfde was als dat waarvoor hij de boete had gekregen, want hij kreeg zowaar niet nog een boete. Ze namen het bord mee, schreven een boete uit voor gevaarlijk rijgedrag ('die ligt overmorgen bij Joep op de mat'). Het had allemaal nogal lang geduurd, maar ze hielpen hem ten slotte de auto te starten met startkabels. Intussen was de zon gezakt, de hitte was uit de lucht, al bleef het zoel en warm. Met de benauwdheid viel het mee, de wind waaide door de auto heen, maar ik voelde me niet lekker door die joint.

'Benji is ontvoerd door aliens,' zei Johnny.

Ik was zo suf dat ik niet wist wat ik moest zeggen. Wat moet je nou op zoiets zeggen? Het klonk wel plausibel op een of andere manier.

'Ik denk dat die mensen een onzichtbaar spaceship hadden.'

'Of ondergronds, of uit de vierde dimensie.'

Hij snoof, sloot zijn ogen, 'woesj, woessssj', hij deed waarschijnlijk een ruimteschip na.

'Benji lijkt op ons allebei,' zei Johnny, een beetje uit het niets omdat we alweer een tijdje zaten te dromen.

'Hoezo?'

Johnny draaide de rugleuning van zijn stoel nog wat verder naar achteren, nu leek het alsof hij in een tandartsstoel zat.

'Dat hij allemaal van die dingen weet, en nádenkt over allerlei shit, dat heeft hij van jou. Dat hij alles kut vindt en het liefst niks doet en zo, dat heeft hij van mij.'

Ik wist zo snel niet iets te antwoorden. Het ging niet over mij, het ging over Benji, en toch was dit het aardigste wat iemand ooit over mij had gezegd. Ik dronk water, keek een tijd naar een vlieg die binnen zat maar ons verder met rust liet. De vlieg bleef halsstarrig en luid zoemend tegen de voorruit aan vliegen, zat dan een tijdje doodstil op het dashboard, begon daarna weer van voren af aan. Johnny snurkte, unisono met het gebrom van de motor.

*

In mijn droom praatte Benji tegen me, hij zei dat ik wakker moest worden, dat ik moest ophouden met bezorgd zijn over hem, dat hij bij me was weggelopen omdat ik deed alsof ik zijn moeder was. Ik werd wakker, en daar stond Benji in het echt, met die brede glimlach van hem. Ik was niet meer stoned geloof ik, maar had wel koppijn en knalde uit elkaar van chagrijn.

'Oké, oké, ik ben je moeder niet.'

Hij leek wel een beetje te schrikken van mijn reactie. Nou, net goed.

'En je vader ook niet, of had je dat soms wél gewild? Dat ik je vader was?'

'Eden, doe even normaal broer, je zit te flippen.'

Johnny was ook wakker, hij stond aan de andere kant van de auto en dronk water.

'Flippen? Wie zit hier nou te flippen? Híj was ineens weg, met een stel aliens.'

'Eden, je hebt een bad trip, doe even rustig,' zei Johnny.

'Een bad trip! Ja, we hebben allemaal een bad trip. Wat een kutidee is deze hele fokking trip met deze kutauto.'

'Het was jouw idee, broer.'

Ik begon op het dashboard te slaan met mijn vuisten.

'Hé!' schreeuwde Johnny. Hij smeet een plens water in mijn gezicht, om me te kalmeren denk ik, maar ik ging helemaal trippen.

'Fuck jou!'

Ik sprong de auto uit en rende om de motorkap heen. Johnny zette het ook op een lopen en zo renden we een stuk of vijf rondjes tegen de klok in om de auto, ik veranderde plotseling van richting en toen holden we nog een paar rondjes met de klok mee. Toen waren we allebei moe, en ik was mijn woede kwijt. Benji stond ernaar te kijken, zo stond hij vroeger ook altijd te kijken als Johnny en ik elkaar naar het leven stonden.

'En nu ga jij vertellen waar je bent geweest.' Johnny was niet eens buiten adem.

Benji haalde een steen uit zijn zak.

'Kijk. Sueviet.'

De steen was zo groot als een flinke aardappel, het

was niet per se een mooie steen, maar er was wel van alles aan te zien. Je kon inderdaad zien dat het een samenstelling van allerlei steensoorten was, hier en daar glom hij op, er leken stukjes glas of kristal in te zitten.

Hij vertelde dat hij naar de kraterrand was gelopen, het was een met paaltjes aangegeven wandelroute en het was helemaal niet ver. Er waren stukken waar het verwrongen gesteente blootgelegd was.

‘En toen vond je die steen?’

‘Nee, zulk sueviet heb je hier niet.’

‘Waar heb je hem dan vandaan?’

Hij was naar het kratermuseum gelopen. Het was gesloten maar er was een oude man die het speciaal voor hem nog even opendeed.

‘Vanwege je killersmile zeker,’ zei ik.

‘En daar heb je die steen gejat?’ zei Johnny. ‘Uit een fucking *museum*?’

‘Ze lagen in het winkeltje. Je kon ze kopen.’

‘Maar dat heb jij niet gedaan, vriend. Dat heb jij niet gedaan. Jij hebt geen centjes. Dus. Kom jij maar even mee naar het bureau.’ Johnny greep Benjamin bij zijn arm, draaide die op zijn rug en duwde hem met zijn gezicht op de motorkap.

‘Ausweis bitte, Führerschein!’

‘Au, dat blik is heet!’

Johnny liet Benji’s arm los, sloeg een arm om zijn nek en trok hem naar zich toe.

'Gejat. Een stomme dooie steen waar die smeerlappen geld voor durven te vragen, die heb jij gejat. Held. Ik ben trots op je!' Hij gaf hem een zoen op zijn wang. Hij deed het echt, ik had hem nog nooit zoiets zien doen.

'Wacht,' zei hij. 'Ik heb nog een verrassing voor je.'

Hij liet Benji los en liep naar de kofferbak. Hij tikte op de klep. 'Aufmachen!' zei hij wederom met zijn mislukte Wehrmachtstem. Hij zei het nog een keer omdat hij wilde dat we lachten, dat deden we dan maar. Hij duwde de klep omhoog en maakte een theatraal armgebaar, alsof hij een circusdirecteur was. In de kofferbak lag een groot wit verkeersbord met zwarte letters: METEORKRATER-MUSEUM 2 KM.

'Nice,' zei Benji.

'Voor jou. Voor op je kamer.'

'Het is wel fout, het moet eigenlijk "meteorietkrater" zijn.'

'Ja, en nu moesten we maar eens gaan.'

Met een harde klap sloot Johnny de kofferbak.

*

'Ik heb fucking veel honger,' zei Johnny. 'Hoeveel geld heb je nog?'

We hadden Steinheim en de krater achter ons gelaten en reden richting de snelweg. Benji zat op de achterbank zijn steen te bestuderen.

'Iets van twintig euro.'

Hij liet het tot zich doordringen, ik voelde dat er een uitbarsting aan zat te komen. Toen zette Johnny de auto stil langs de weg. Er was niet echt een vluchtstrook, we stonden met twee wielen in het gras.

'Oké… oké.' Hij zuchtte, sloot zijn ogen. 'Geef je telefoon eens.'

Normaal zou ik in geen honderd jaar mijn telefoon aan Johnny geven, nu voelde het alsof ik hem bij een leraar moest inleveren en dat het mijn eigen schuld was.

'Unlock hem,' gebood hij.

Ik deed wat hij zei.

'Oké. Volgens Google Maps halen we Frankfurt net, met de benzine.'

'Sorry,' zei ik. 'Alles is mijn schuld.' Ik probeerde mijn tranen binnen te houden.

'Hou eens op huilebalk, ik moet nadenken.'

Hij blies lucht uit tussen zijn tanden door, het maakte een fluitend geluid.

'Dan kunnen we net zo goed…' Hij pauzeerde, veegde over mijn telefoon.

'Als we twee uur naar het zuiden rijden in plaats van naar het noorden, dan zijn we in Oostenrijk.'

Hij liet ons het scherm van mijn telefoon zien.

'Kijk, we rijden in een rechte lijn naar beneden en hup, zo Oostenrijk in.'

'De weg stopt daar.' Benji zoomde in en wees op

een plaatsje dat Baad heette. Blijkbaar was dat deel van Oostenrijk alleen via Duitsland te bereiken, er ging geen enkele andere weg heen. Het was het einde van de wereld.

'Nou en? De benzine is dan toch op. Dan houdt het allemaal op. Maar dan heb je tenminste nog een paar fatsoenlijke bergen gezien. Bergen! Sneeuw! Dat is een stuk beter dan die saaie shit hier, met die krater waar je geen reet van ziet.'

Hij begon te lachen, alsof hij nog stoned was. Ja, daar leek het inderdaad op, en dan ook nog dat T-shirt met ketchup en bloed, hij leek wel een waanzinnige. Maar het kon me niet schelen, al was hij stoned en dronken tegelijk, hij ownde deze reis ineens, het was zijn idee geworden, dat ontspande me zo dat ik ook begon te huilen en lachen tegelijk. Johnny trok op met meer kabaal dan strikt noodzakelijk, alsof hij nog eens extra wilde onderstrepen dat het zijn idee was.

'Je hebt trouwens driehonderd appjes van ma,' zei Johnny. 'En twee procent batterij.' Ik moest Joep bellen van hem, met mijn laatste procenten, niet onze moeder, beslist niet moeder. Joepiedepoepie zou wel geld overmaken volgens Johnny, Joep wilde het zo graag goed doen bij ons, hij zou het niet weigeren. Hij wist nog niet dat hij die boetes op de mat zou krijgen, dus het zou wel lukken. Ik protesteerde niet, waarom zou ik? Alleen omdat het Johnny was? Dat stadium waren we wel voorbij. Ik belde, sprak Joeps voicemail in. Ik noemde op het einde heel duidelijk en langzaam mijn rekeningnummer.

*

Johnny draaide snelweg 7 op, zuidwaarts in plaats van naar het noorden. Hij deed geen raampje open, zodat we konden praten. Ik zat nog met iets, ik brak mijn hoofd erover en ik moest er niet te lang mee wachten.

'Benji?' zei ik. 'Hoe zit het nou met die mensen met wie je bent meegelopen?'

'Mensen? Welke mensen?'

'De aliens,' zei Johnny. 'Met hun vierdimensionale ruimteschip.'

'Doe niet zo stom,' zei ik tegen Johnny. 'De mensen met wie je praatte, tegen wie je "Hello from the children of Planet Earth" zei!'

'Dat zei ik tegen jou, omdat je heel raar zat te kijken. Het is van de Voyager, weet je nog?'

Ik dacht na, niet over de Voyager, maar over dat gezin en de wc in de Raststätte, het werd een warboel in mijn hoofd.

'Voyager,' ging Benji verder. 'De gouden plaat.'

'Is dat een band?' Johnny weer. 'Hebben die een gouden plaat?'

Benji lachte en begon met dezelfde geestdrift te vertellen als eerder die dag over Cassini-Huygens. Voyager 1 en 2 waren sondes die in de jaren zeventig de ruimte in gestuurd waren, met aan boord de beroemde Golden Record, een plaat met begroetingen in een groot aantal talen. De eerste begroeting was in het Akkadisch, een dode taal die eeuwen voor Christus in het Midden-Oosten werd gesproken. Er stonden ook allerlei foto's op de gouden plaat, en muziek. Inmiddels waren de twee sondes de verst van de aarde verwijderde objecten door mensen gemaakt, ze hadden kortgeleden het zonnestelsel verlaten, bijna vijfentwintig miljard kilometer van de aarde waren ze, de broertjes. We konden ze nog steeds volgen, door licht- en radiosignalen. Er was zelfs pas nog een computerupdate gedaan, over vijfentwintig miljard kilometer afstand! Johnny zei dat hij zijn laptop op tien centimeter afstand van zijn ogen niet eens geüpdatet kreeg. De Voyagers zouden door de interstellaire ruimte blijven zweven tot de brandstof op was, besloot Benji ernstig. Ik begreep niet dat een ruimtesonde vijfentwintig miljard kilometer kon reizen in een halve eeuw, en dat wij om de haverklap moesten tanken en niet eens meer thuis zouden komen.

Johnny had weer heel andere vragen.

'Wat voor muziek staat er op die plaat?'

'Ja, van alles, Bach en Beethoven.'

'Wie?'

'Beethoven. De *Vijfde Symfonie*. Staat erop.'

'Ken ik niet,' zei Johnny. 'Jij hebt nog één procent batterij, Eden. Laat dat nummer eens horen. Ik wil weten waar de aliens straks naar zitten te luisteren.'

Ik deed alweer wat hij zei, hoewel ik dat stuk wel ongeveer kende. Het begin in ieder geval. Iedereen kende dat, behalve aliens en Johnny. Ik zette de speaker van mijn telefoon maximaal en hield hem bij Johnny's oor. Ta-ta-ta-taaa, enzovoort.

'Wat een kutmuziek,' zei Johnny. 'Zet maar weer uit.'

Benji lachte, een hartelijke, volle lach.

'Stel je voor!' Johnny haalde beide handen van het stuur en hield ze omhoog. 'Je stuurt één plaat de ruimte in, om aan aliens te laten horen. Eén stukje muziek. En dan stuur je die tyfusherrie.'

'Weet je wat ze in het Akkadisch zeggen?' vroeg ik.

Benji glunderde, want hij wist dat natuurlijk.

'Ana dannish lū shulmum.'

'Wat?'

Hij zei het nog twee keer, triomfantelijk, ik had het natuurlijk best verstaan, ik was gewoon van slag.

'En wat mag dat betekenen?' vroeg ik. '"Hey hallo"?'

'Nee, het is een wens.'

'Wat voor wens?'

'Dat alles goed mag zijn, zoiets.'

'No shit,' zei Johnny.

Ik heb het later allemaal opgezocht, over Cassini-Huygens, donkere materie en de Voyager. Mijn geheugen is niet zo goed dat ik dat allemaal in één keer onthoud, zoals Benjamin. De bleke blauwe stip, daar heb ik later over gelezen, de beroemde foto die de Voyager I van het zonnestelsel nam op zes miljard kilometer afstand. De aarde is erop te zien als een bleke blauwe stip, een *pale blue dot*. En wat die begroetingen in weet ik hoeveel talen betreft: in het Engels zeggen ze: 'Hello from the children of Planet Earth.'

*

We reden ruim een uur. We aten curryworst met patat en dronken blikjes cola op het terras van een oerlelijke vreettent, niet ver van de grens. De plastic stoelen bogen mee met onze rug, over de witte ronde tafel kropen mieren. Voor ons, in de verte, loerden de bergen als donkere reuzen in de schemering.

'Dit is het meest deprimerende kutoord waar ik ooit gegeten heb,' zei Johnny. 'Hier wil je nog niet dood geboren worden.' Hij veegde zijn handen af aan zijn T-shirt, voegde currysaus toe aan de vlek van bloed en ketchup.

'Het is dood gevónden worden,' zei ik. 'Je wil hier niet dood gevonden worden.'

'Ook dat niet. Zeg, over dood gevonden worden gesproken, als jullie het zelf zouden doen, hoe zou je dat dan doen?'

Ik hield mijn adem in, wachtte tot Benji iets zou zeggen, maar hij zei niets.

'Nou, Eden? Hoe?'

'Ik zou dat nooit doen.'

'Dat weet je niet. Stel je voor dat je het wel zou doen. Jij hebt toch zo'n grote fantasie?'

'Met pillen, denk ik.'

'Hoe kom je aan pillen?' vroeg Benji. 'En welke, en hoeveel? Zelfmoorden met pillen mislukken haast altijd.'

Ik kreeg de frieten niet weg, nam de laatste slok van mijn cola.

'Weet ik veel, en jij dan, Johnny?'

'In ieder geval niet zoals die vader van ons, wat een puinhoop man. Ik zou gewoon de auto het kanaal in rijden.'

'Dan komen ze je redden,' zei Benji.

''s Nachts natuurlijk,' zei Johnny. 'Ik ben niet gek. 's Nachts wordt nooit iemand gered.'

'Verdrinken is behoorlijk kut,' zei Benji. 'Je gaat vanzelf vechten voor je leven, dat is een instinct. Dat je laatste gedachten zijn: fuck ik heb hier spijt van, dat wil je echt niet.'

'Jij bent echt een kenner, hè? Wat zou jij dan doen, Benjamin Reiziger?'

'Springen. Minstens vijftig meter naar beneden. Ergens waar je niemand tot last bent en mensen je niet makkelijk vinden.'

Hij klonk vlak, onaangedaan, alsof hij in zijn hoofd al honderd keer gesprongen was, van honderd verschillende gebouwen, kliffen, bergen.

'Ze zeggen dat je al buiten bewustzijn bent voor je de grond raakt.'

'Je hebt er goed over nagedacht, hè?' zei Johnny.

'Ik denk overal goed over na.'

'Heel goed, Einstein. Maar als jij het ooit in je hoofd haalt zoiets te doen, dan vermoord ik je.'

Johnny lachte zelf nogal hard hierom, ik lachte mee. Soms moet je iemand iets gunnen.

'Denk je er vaak over na?' vroeg ik aan Benji, toen Johnny was uitgelachen.

Benji glimlachte, hij zag er niet uit met zijn vette krullen voor zijn gezicht en met currysaus op zijn kin, en toch was hij zo mooi.

'Vandaag sowieso niet.'

We reden verder, met een rood benzinelampje. We passeerden de grens, maar ik zag nergens douaniers. Voordat mijn telefoon uitviel had ik nog eens bekeken hoe deze weg vanuit Duitsland doodliep in Oostenrijk, een weg naar nergens. Meesterlijk. Hoe had Johnny die weg weten te vinden? Ineens reden we tussen de bergen, door een smal dal, de weg slingerde erdoorheen, hij bleek de loop van een riviertje te volgen. Johnny moest steeds terugschakelen als de weg omhoogliep. Links en rechts vrij lelijke skichalets, dan weer naaldbossen en steile hellingen. We konden nog net de besneeuwde toppen in de verte zien, ze lichtten oranje op in het laatste daglicht. Een paar minuten later was het al bijna helemaal donker.

Toen gebeurde het. Echt waar. De hemel kleurde blauw, diep kobaltblauw. Benji veerde op van de bank, duwde zijn hoofd tussen de twee voorstoelen. Johnny liet het gas los, alsof hij was vergeten dat hij in een auto reed. Ik weet nog dat ik dacht: dit is het, dit is het einde van de wereld. Het was geen schrik, daar was het veel te mooi voor. Tegelijk met het besef kwam de aanvaarding, of zo. Johnny en Benjamin hadden hetzelfde, denk ik, ze zeiden ook niets toen een felle streep aan de hemel verscheen, een verblindend lichtspoor, alsof de zon op aarde viel.

'Oké,' zei Johnny toen de streep weg was.

'Dit is toch... best zeldzaam?' Ik merkte dat mijn stem beefde.

'Heel erg,' zei Benji.

'Die is voor jou, Ben,' zei Johnny. 'Hebben wij voor je gefikst.'

Pas toen arriveerde het geluid, een snijdend hoge gil, die steeds dieper werd, toen was het weg. Het licht was weer uit.

*

'Op school moesten we ooit een boek lezen,' begon Johnny. 'Over een gast die meteorietkraters gaat zoeken in Noorwegen. Nou, hij vindt dus niks en als hij naar huis gaat ziet hij een meteoriet neervallen op de plek waar hij zocht. Dat geloof je toch niet? Wat een kutboek was dat.'

'Maar je hebt het dus wel gelezen.'

'Ja broer, ik wilde toch weten hoe het afloopt?'

'Deze is niet neergekomen,' zei Benji. 'Hij is verbrand in de atmosfeer.'

'Hoe weet je dat?'

'Anders hadden we hier niet meer gezeten. Dan waren we allang geplet door de drukgolf, of bedolven onder puin en as.'

'Dat hebben wij weer,' zei Johnny. 'Een slappe afzwaaier. Maar het was wel een goeie show.'

We reden weer verder alsof er niets was gebeurd.

'Ik vond het een leuke dag,' zei Benji.

Hij zakte weer terug op de achterbank. Een paar minuten later lag hij opgekruld te slapen.

Ik dacht altijd dat ons voorstellingsvermogen en ons intellect te klein zijn om iets van het universum te vatten, maar dat is het niet, we zijn gewoon fysiek te klein en we leven te kort – we komen nooit ver genoeg, we kruipen over de bleke blauwe stip en dat is ons al te veel. We keren ons dan maar naar binnen, want ook die ruimte is oneindig. Ik keek naar mijn broertje op de achterbank en zei heel zacht wat ik de hele dag al had willen zeggen: als jij je erdoorheen slaat, dan doe ik het ook.

'Wat zei je?' vroeg Johnny.

‘Niks.’

De weg begon weer iets te dalen. Toen de motor ging sputteren en even later stilviel zette Johnny hem in zijn vrij. We rolden kalm de helling af. De bergrug voor ons verzonk in het diepste duister, en wij gleden met zijn drieën door de nacht alsof we door de ruimte zweefden.

LEES MEER VAN
GERWIN VAN DER WERF

Wilgeneiland (roman, 2024)

De droomfabriek (roman, 2022)
Shortlist Beste Boek voor Jongeren 2023

Strovuur (roman, 2020)
Shortlist Beste Boek voor Jongeren 2021

Een onbarmhartig pad (roman, 2018)
Longlist Libris Literatuur Prijs 2019

Stampen en zingen (columns, 2018)

Schooldagen (columns, 2014)

Luchtvissers (roman, 2013)

Wild (roman, 2011)
Longlist Libris Literatuur Prijs 2012

Gewapende man (roman, 2010)

WINNAAR BOEKENWEEK NOVELLEWEDSTRIJD 2025

De krater van Gerwin van der Werf is het winnende verhaal van de Boekenweek Novellewedstrijd 2025.

De Boekenweek bestaat 90 jaar. Dat vieren we in 2025 met een bijzonder Boekenweekgeschenk. Net als in de jaren 40, 50 en 60 van de vorige eeuw mochten schrijvers uit Nederland en Vlaanderen een novelle insturen. Uit 149 geanonimiseerde inzendingen koos een vakkundige jury het beste verhaal. Dát is het Boekenweekgeschenk dat je nu in handen hebt.

De jury van de Boekenweek Novellewedstrijd 2025 bestond uit Hanna Bervoets, Noah de Campos Neto, Ernestine Comvalius, Tom Lanoye, Lidewijde Paris, Tiziano Perez, Jan Peter Prenger, Liesbeth Rasker en voorzitter Rik van de Westelaken.

BOEKENWEEK90